AF354579

CAMINO A APULIA

CAMINO A APULIA

GEMA MATEO

Camino a Apulia

D.R. © 2020 por Innovación Editorial Lagares de México, S.A. de C.V.
Gladiolas No. 225
Fracc. La Florida
Naucalpan, Estado de México
C.P. 53160
Teléfono: (55) 5240- 1295 al 98
email: editor@lagares.com.mx
Twitter:@LagaresMexico
facebook: facebook.com/LagaresMexico

Diseño e Ilustración de portada: MICH.
Cuidado Editorial: Norma Macias

ISBN: 978-607-410-626-8
Primera edición febrero, 2020
La primera impresión de Camino a Apulia se terminó en el mes de febrero de 2020 en los talleres de Ultradigital Press, S.A. de C.V. Centeno No. 195, Col. Valle del Sur, C.P. 09819, CDMX, bajo el sello editorial de Innovación Editorial Lagares de México, S.A de C.V. Piedra y Campana Editorial.

CAPÍTULO

1

Un conjunto de nubes se agrupa en el este por quinta vez. De acercarse una tormenta lo habríamos sabido desde hace horas, pero la amarga espera es más emocionante para el orden de las cosas que la rapidez con la que se desea que todo termine de una vez para despertar sudando en una cómoda cama, sin largos viajes por hacer, sin contaminación, sin el fin de lo que conocíamos hasta ahora.

Recuerdo una noche de bruma, las gotas ácidas caían sobre el latón del tren donde viajábamos, el sonido agudo me mantenía intranquila. Sabía que habíamos logrado salir de algún lugar infernal, tomaba su mano y miraba sus lentes que se iluminaban con el reflejo de la luna. Todas las memorias que tengo de mi padre se resumen a ese día: Sé real contigo misma, conoce quién eres. Sin ninguna otra explicación del porqué me decía aquella frase, comprendí que me preparaba para la más difícil aventura.

Vivo en el 2059, pertenezco a una extraña porción de la población que mantuvo su humanidad. Las enfermedades se multiplican mientras la siembra de alimentos decrece. El estrés, la depresión y el insomnio son una constante en la población. Casi nadie sueña, excepto nosotros, los soñadores artesanales.

La contaminación ha cubierto a las ciudades con espesa niebla y capas de partículas pm 2.5. Se registran, además, decesos por males pulmonares y cardíacos.

Nací en el 2031, en la urbe de todas las lenguas, de los corazones rotos y distintos sabores. En aquel entonces todavía podíamos ver los atardeceres.

Debido a la gris oscuridad y a la pérdida masiva de ecosistemas, las personas carecen de sensibilidad, absolutamente desconectados de la naturaleza. Al caminar por las calles, utilizamos máscaras de gas y cubrimos nuestros ojos y manos; mientras más cubierta la piel, mejor. En ese espiral vacío, sin luz, sin nubes ni agua cristalina, mujeres y hombres transitan como autómatas.

Nosotros, los soñadores artesanales, tenemos actividad cerebral activa, podemos conciliar el sueño y regresar a las memorias doradas o crear infinitas historias, donde vemos paisajes de ciudades suspendidas en el firmamento, de ríos que fluyen por verdes praderas.

Cada día, al despertar, tengo un alivio inimaginable por los demás, y siento que, si pudieran tan sólo recordar los días verdes, recobrarían el sentido de la vida.

La Maquinaria Suprema busca comercializar los sueños. Los primeros clientes son quienes se encuentran en la cima de la cadena de poder, aquellos que han pisoteado y esclavizado, ésos que no duermen por las noches, que tienen fatiga y cansancio crónico, pero poseen la mayor parte del dinero.

Para mí, cada noche es diferente. A veces viajo a ciudades doradas, cielos intensos de azul y aire limpio. Las caminatas por el malecón, las personas conversando y comiendo con alegría, o los recorridos en auto para llegar a un museo, contemplar un monumento sobre una colina. Al observar a través de la ventana de alguna morada, veo al sol por encima del puente, recostándose sobre el Océano Atlántico y, cuando todo es oscuro, ahí sigue el mar, siendo tranquilidad, abrazando con su manto a las estrellas.

Son tan vívidos esos instantes que puedo sobrevivir un día más, por volver a soñar. Me mantengo ocupada durante el día para que no regresen a mí las memorias de cuando comenzó el dolor.

—La estación de São Bento sigue siendo enorme —le dije a mi padre mientras me apresuraba a igualar sus pisadas para seguir a su lado.

Ese día mucha gente aguardaba los últimos trenes nocturnos con destino a la ciudad más cercana, la que estaba recibiendo a los desplazados por la última tormenta. Algunos azulejos en las paredes de roca se habían caído después del gran terremoto que sacudió al continente. En ese entonces mi padre y yo seguíamos del otro lado del océano, pero en las noticias nos enteramos de lo sucedido.

En nuestro hogar las cosas eran muy difíciles, ya habíamos sobrevivido a los terremotos, pero la hambruna y la sequía nos mantenía en un punto de quiebre, así que mi padre hizo los arreglos. Muchos trámites, pero logramos llegar.

Subimos al tren en orden, pero en los rostros observé la desesperación, la angustia que se esparcía entre los asientos de los cuarenta y un vagones de aquel tren color oliva. Sentados, mi padre me pidió que tratara de dormir mientras acariciaba mi cabello. Sería un viaje largo hasta la estación donde tendríamos que bajar y comenzar de nuevo.

Mientras el tren avanzaba, por la ventana sólo observé bruma, casas destruidas y sequía. No conseguí dormir, así que seguía preguntándome qué había afuera. Nada, pensé. Desearía haberme equivocado en ese momento, porque entonces los vi. En todo tiempo y espacio se encuentran los desterrados, los marginados, los que nadie mira, los que nadie escucha; grupos de personas casi sin ropa, haciendo fogatas a la intemperie, en el extremo del frío.

Aquellas personas nunca tuvieron el suficiente capital económico para adquirir un boleto (que dicho sea de paso, había multiplicado su valor) y salir de las ciudades que estaban siendo devastadas por las catástrofes naturales o donde la escasez de agua y comida se había hecho presente. Dentro de esos grupos también había bebés, niñas y niños que no volvieron a despertar.

Los vi muchas veces mientras cruzábamos medio planeta para poder abordar el vagón veinticinco. Aunque la humanidad se encontraba en estado de emergencia, ellos estaban lejos de alcanzar una oportunidad porque las fronteras eran estrictas y la economía estaba de cabeza: precios fuera de órbita, costos excesivos para trasladarse, insuficiencia para abastecer a los mercados.

La rapiña existía, sí, pero la fuerza militar también aumentaba, exceso de violencia para contener todo el caos. Ahí en el pavimento quedaba la sangre, las heridas y la muerta rápida, por eso para sobrevivir tenías que moverte.

En la clandestinidad, los desterrados decidieron pelear porque no podían trasladarse. En muchas comunidades y barrios se hicieron fortalezas, se saquearon comercios y negocios, pero nadie salió ileso de la furia de las catástrofes naturales. El gobierno dejó de molestarse en controlarlos porque las autoridades comenzaron a moverse hacia diferentes puntos con mayor probabilidad de supervivencia.

Entonces ellos quedaron a la deriva, sobre el asfalto continuaron con sus vidas porque no podían salir. En cada ciudad que atravesé con mi padre, los encontré, de todas las edades, en una mezcla de nacionalidades, en busca de dinero para poder irse, localizando algo de comida, rogando por un trago de agua para sus hijas e hijos.

Una vez, mientras comía una empanada que había guardado con preciado cuidado, se acercó a mí una mujer de color; sus ojos grandes me miraron, cabello rizado y su hija en brazos. Yo entregué de inmediato el alimento aunque no sabía qué era lo que me iban a preguntar.

Mi padre volvía de hablar con un señor que nos ayudaría a trasladarnos a la frontera de algún país que ya no recuerdo. Tomó mi mano y corrimos al enorme autobús para sentarnos en la batea que transportaba metales que olían a gasolina quemada y provocaban dolor de cabeza.

Era bueno no haber comido, aunque mi estómago rugía. De cualquier forma me dirigía a otro lugar para tratar de llegar a una zona segura, mientras que ellas se quedarían a esperar la próxima inundación o sufrir alguna enfermedad.

Cruzamos tantas fronteras, pasamos por tantas ventanillas, estuvimos en muchas estaciones, centrales de autobuses, caminamos, subimos y bajamos, nos mareamos, pero teníamos un plan; sobre todo, mi padre podía costearlo.

Por un momento creí que todos podríamos tener la misma oportunidad de sobrevivir, pero me di cuenta que ellos seguirían teniendo una situación desfavorable y muchas más carencias que otros.

Los marginados, los descalzos, los que tienen más resistencia que cualquiera, conocen el verdadero sufrimiento de desplazarse, pero aquellos que no pueden costear un pasaje, una comida, agua, siempre estarían en peores condiciones, especialmente en un mundo donde el dinero se había convertido en amo y señor de las reglas del juego.

Después de despertar de una siesta, estiré las piernas y miré el reloj de pulsera de mi padre, ya habían pasado alrededor de seis horas. Él seguía dormido, con sus lentes de lado sacudidos por el movimiento del trayecto. De golpe, el tren frenó con movimientos bruscos, sentí cómo un tendón en mi cuello se estiraba. Todos los pasajeros gritaron y una alarma del tren comenzó a sonar. Esa madrugada perdí a mi padre, mi guía.

Poco tiempo fue el que pasé en mi ciudad, donde todos se comunicaban en distintas lenguas, unas más sabias que otras, más cercanas y con menos odio de las que después encontré. Era un valle custodiado por montañas volcánicas que se negaron a despertar. Dejarían que nosotros mismos creáramos la bomba que iniciaría el conteo.

Aunque con bosques y ríos ya contaminados, el cielo era majestuoso. Los atardeceres en la colina de la Paz, la más alta de la ciudad, eran mis momentos mágicos, con el sol despidiéndose de otro día y la vista de la gran urbe.

No recuerdo cómo sucedió todo, pero las invenciones tecnológicas comenzaron a ser una noticia recurrente en todas las redes sociales electrónicas. Una carrera, oficialmente no pactada, entre potencias por la creación de innovaciones con inteligencia artificial mantenía a la población en gran consternación.

Las naciones del este dieron el primer salto en la era tecnológica, pero también sus niveles de polución incrementaban; a cada paso se alejaban más del cuidado del medio ambiente.

Nuestro vecino país no se quedaba atrás, quería inventar algo que todos pudieran adquirir pagando el precio adecuado. ¿Qué sería? ¿Una máquina, un dispositivo, una aplicación? Buscaban brindar sentido de realización, de satisfacción, al menos por un día, para decir: "Es bueno estar vivo".

Pese a ello, la vida para mí seguía siendo sencilla; como cualquier niña de mi edad adoraba pasar tiempo al aire libre, correr y apreciar la naturaleza o escuchar alguna canción de las décadas antiguas de 1980 o 1990, aquellas en las que habían vivido mis abuelos.

No me importaba que, conforme crecía, las chicas y chicos se alejaran de mí porque no tenía una huella digital popular en las aplicaciones de moda. Admito que mi pasatiempo favorito era fotografiar paisajes de los diferentes lugares a los que tuve oportunidad de ir con mi padre y compartirlos en diferentes aplicaciones para despertar la curiosidad de otros por conocerlos.

Cuando en una ocasión enfermé, el médico indicó que no era normal ni correcto que yo pasara tanto tiempo al exterior, para eso se habían creado ciertas aplicaciones, decía estúpidamente, como si él no supiera de la conexión de nuestro cerebro con la naturaleza y lo bien que sentaba estar en contacto con ella.

Por fortuna, nunca padecí de algún tipo de alergia que me impidiera disfrutar de escalar, nadar o rodearme de flores, arbustos y árboles. Comencé a escuchar algunos chismes de pasillo escolar, donde decían que cada vez más estudiantes se habían enfermado al pasar mucho tiempo al aire libre.

Poco a poco una venda suave y a la medida de cada uno se instaló sobre nuestros ojos, sólo veíamos lo que nos indicaban ver. Un día despertamos sin poder observar el firmamento, sin reconocer a los guardianes volcánicos, sin respirar profundamente y exhalar el aire que entraba por los pulmones.

El país del helado noroeste lo había conseguido. El líder del proyecto era un joven neurocientífico que, al ver las problemáticas de la contaminación y no tener una respuesta certera, decidió centrarse al máximo en su campo de estudio, logrando un avance considerable para mejorar la capacidad en la actividad del cerebro humano.

"No podemos cambiar en un chasquido lo que hemos hecho durante décadas. La contaminación nos ha rebasado, sin embargo, la carrera no ha terminado.

Hemos de mirar hacia lo profundo de nuestra mente para encontrar nuevas formas de (sobre)vivir en esta era."

Junto a mi padre, escuché su discurso ante la cámara de las naciones para informar que seguiría trabajando arduamente en abrir las puertas de la mente y encontrar caminos gloriosos en los laberintos del cerebro humano. Mientras los líderes de las ciudades luchaban entre sí para demostrar quién era menos estúpido, miles de especies animales morían en los ecosistemas, los océanos contaminados y la tierra intoxicada.

Supe que aquel neurocientífico llamado Noel Kums había construido, junto con su equipo de trabajo, una inteligencia artificial que abriría los cerrojos de la mente para poder aumentar la capacidad cognitiva. No obstante, el líder de su nación le pidió enfocarse en otra opción, algo para competir con el país vecino.

Como la contaminación no permitía salir como antes, se crearía una interfaz para conectar la mente con las memorias de los grandes paisajes y todo se comercializaría como si se tratara de un cine.

Esa clase de anuncios publicitarios fueron los últimos que escuché antes de que las revueltas comenzaran, de que la desnutrición alcanzara niveles inauditos y la escasez de alimentos, como de agua, atravesara cada rincón del mundo.

No supe más del neurocientífico. Las noticias se centraban en otros asuntos y él parecía haber desaparecido del ojo público. Yo presentía que más bien lo habían desaparecido.

Sólo hasta después, cuando volví a escuchar uno de sus discursos, supe que el curso de su proyecto había cambiado. Las personas tenían que anotarse en una lista de espera para presenciar ese cinema onírico, los facilitadores visitaban las casas, escaneaban el cerebro o lo reiniciaban, y con eso robaban sus memorias, sus ideas, hasta los datos personales y bancarios. Control mental disfrazado de sueño.

Un día después de su presentación pública se anunció su muerte y fue inevitable pensar que todo había ocurrido de forma sospechosa. Sin embargo, mucha gente ya no pensaba por sí misma, así que no comentaron nada. Los medios digitales de noticias hablaron de la alianza de dos naciones que impulsarían una nueva máquina masiva de realización personal:

"Sus sueños se harán realidad cada noche. Sus miedos desaparecerán. El mundo volverá a florecer cada vez que usted visite la Fábrica de Noel".

Sí, la Maquinaria Suprema había conservado en su publicidad el nombre del genio para revivir aquella memoria de que hubo un hombre, en esta época y en la antigua, cuya misión fue brindar felicidad a la humanidad.

La desidia se apoderó de mí muchas veces, la desesperanza crece cuando sólo se alcanzan a ver charcos de lodo, bruma, gente autómata sin creatividad, sin genuina luz interior.

Hoy hay menos infantes y más personas adultas que rebasan los cincuenta años de edad; aunque muy enfermas, siguen subsistiendo y resguardan su economía para ser los siguientes en la lista de la Fábrica de Noel.

Ante la tragedia, cada noche me siento aliviada por ser libre de soñar, por no necesitar de sus herramientas ni máquinas; es esto lo que me mantiene humana.

Es la noche de las lunas, la ceremonia se ha realizado durante un lustro, desde que una estación espacial envío las últimas imágenes de una colonia instalada en la luna para asegurarse de crear la ilusión de que aquello era posible. ¿Quién vive allá?, no lo sé, seguramente quienes están detrás de toda esa fábrica onírica. Seguro nos observan como a ínfimas partículas que se quedaron estancadas en el medio de la destrucción del planeta.

Me reúno con Ani y Emil, tenemos la misma edad y hemos compartido durante este tiempo el secreto de los soñadores artesanales. La dinámica de este día es simple, todos tenemos que concentrarnos en el pabellón principal, donde proyectan el mismo video de hace cinco años y dan a conocer los nombres de los nuevos integrantes de la colonia lunar.

Jamás se ha dado a conocer alguna convocatoria para llegar a la luna, no hay registros de inscripciones, no hay concursos ni sorteos, solo nombres fantasmas que son pronunciados por una voz robótica. Por ello, pienso que debe ser un invento de la Maquinaria Suprema. No existen naciones que estén salvando a poblaciones en otras partes, no hay colonia ideal. Yo sé que sólo nos tenemos a nosotros y a lo que podamos crear con nuestra mente cada vez que soñamos.

—Vaya, eso fue igual de inspirador que hace un año y hace dos años… y hace tres años —dice Emil inmerso en una espiral de apatía.

—Vamos, tenemos que seguir unidos para salir de este basurero —comenta positiva Ani.

—Es inevitable sentir apatía —le digo a Emil—. Pero no podemos darnos por vencidos. No vamos a salir de aquí por esa oferta. No creo que exista tal colonia lunar.

—Está bien, entonces ¿cómo lograremos ver qué hay más allá de esta nación? —pregunta Ani.

—Estamos seguros de una cosa: podemos soñar. A lo mejor, otros también. Debemos encontrarlos —responde Emil.

—Sí, eso hay que hacer, tal como lo platiqué con Leo.

—Pero todos con los que hemos interactuado son puro cascarón, ya no les queda nada —responde con decepción Ani.

—Y nosotros seguiremos pretendiendo que estamos igual, no queremos llamar la atención de la Maquinaria Suprema —concluyo.

Nos movemos a un espacio más cerrado y menos concurrido, tenemos que ser sigilosos en lo que aún conservamos. Ningún facilitador se ha acercado a nuestra morada para escanear nuestros cerebros; no imagino lo que pasaría si se dieran cuenta de nuestra actividad cognitiva. ¿En dónde nos encerrarían? ¿Qué harían con nuestra mente? Seguro, terminarían convirtiéndonos en cascarones como los que deambulan por aquí.

Subimos las estrechas calles y cruzamos por las ruinas de lo que parece haber sido un edificio público con aire medieval, un castillo de roca pura y columnas firmes.

Tomamos este atajo cada noche de las lunas, aunque hoy me parece que el aire es más pesado, más caliente, siento que la gravedad está en mi contra. Jadeo bastante, pero trato de que no lo noten.

Atravesamos las ruinosas vías del tren; caminar por ahí me trae dolorosas memorias, pero sólo sucede una vez de cada trescientos sesenta y cinco días. Ya no lo llamamos año nuevo, pero quizá sí es una nueva oportunidad para que la Tierra se recupere de la contaminación.

Siento la necesidad urgente de intervenir porque nuestras acciones colectivas fueron las que la destruyeron. Debiéramos ser, al menos, actores en el intento de recuperarla. Sin embargo, ella es sabia, así que aguardamos escondidos y temerosos a que las tormentas pasen, a que la lluvia vuelva a nutrir la tierra, a que las inundaciones bajen y los polos se restauren.

Llegamos a la morada de Ani y Emil, no muy lejos de la mía, es bueno saber que tardaré mucho tiempo para volver a caminar hacia el sur de la nación. Esa parte de la ciudad no me gusta, además allá hay más facilitadores tratando de venderte un lugar en la lista.

Tras la destrucción de las viviendas, los sobrevivientes comenzaron a instalarse en ruinas y cascos de construcciones de todo tipo: oficinas, centros comerciales, hospitales, hoteles y demás. Más tarde, con el uso del multiconstructor, una máquina en forma de taladro que despliega nanobots para la reparación y formación de muros sobre cimientos ya existentes, la gente pudo volver a habitar una casa.

Algunos viven en el perímetro de lo que fuera un centro comercial. La patrulla que custodia las viviendas otorgó un certificado para que eligieran 25 metros cuadrados para instalarse.

Al dar vuelta en la esquina de esa calle, unos metros adelante, se encuentra mi morada con la misma proporción de metros cuadrados. Yo habito en lo que fuera una casa de dos pisos; ocupo una parte de la sección de arriba, al lado no hay nadie, pero abajo se instala una familia: dos hermanas, el esposo de una de ellas y su hija enferma.

Ani y Emil comparten espacio con un grupo de parejas a quienes sólo vemos en la noche de lunas cuando caminamos hacia el sur para la tediosa ceremonia.

Sabemos con certeza que son un cascarón, sin embargo, pienso diferente sobre la hija de mis vecinos. Su cuerpo yace en cama por su enfermedad en la piel, pero podría ser una soñadora artesanal. No he tenido oportunidad de platicar con ella, pero quizá es momento de acercarme un poco.

Durante esa cavilación, me doy cuenta que muchas personas no han regresado del pabellón principal, quizá porque se toparon con los facilitadores o porque la Maquinaria Suprema les ha ordenado que esperen un poco más para aparentar que es todo un éxito y que las personas disfrutan sin sentido de este día.

Subimos unas escaleras y al girar a la izquierda llegamos al hogar. Siento un peso menos en mi corazón puesto que cada vez me costaba más trabajo respirar, por fin podré quitarme todo este traje espacial que tenemos que usar.

La casa es muy pequeña, pero confortable; estoy entre amigos y eso la hace más valiosa que cualquier otro lugar en este abatido planeta. Me ofrecen un poco de té, nos quitamos las máscaras de gas y bebemos en silencio. No hay necesidad de hablar tras subir las calles estrechas, húmedas y ácidas; después de un rato comentamos sobre nuestra situación, la idea es ver qué hay afuera del domo, encontrar a más soñadores artesanales y, tal vez, presenciar cuando las nubes del este se despejen después de acumularse por sexta vez.

—Pienso que la hija de la familia que vive en el piso de abajo puede ser alguien con gran actividad cerebral.

—¿Por qué lo dices?

—La he visto cerca de la ventana, atenta a los detalles de la espesa niebla, de los caninos custodiados que pasan olfateando. Sus padres nunca se acercan a la ventana.

—Dices que tiene algún problema en la piel, ¿qué tan grave es? —pregunta Emil.

—No lo sé, una vez conversé con la madre y me dijo que su hija no podía salir, pero no dijo qué tipo de enfermedad tenía.

—Tal vez su piel es hipersensible y el aire contaminado la podría matar.

—No seas alarmista, Ani —responde Emil mientras acaricia su rostro.

Ella le sonríe y le dirige una mirada que sólo ambos pueden descifrar.

—Hablo en serio, las enfermedades ahora nos pueden aniquilar más fácil que en el pasado —exclama Ani.

—Tienes razón. No hicimos nada para combatir la contaminación, pero sí para tener un cuerpo estilizado, sin ayuda para nuestro sistema inmunológico —agrega Emil.

—Por eso tenemos que averiguar si ella puede soñar, seríamos cuatro en un mismo sitio. Estando tan cerca, algo tendría que pasar.

Me despido y agradezco, como siempre, su afecto y amistad. He recuperado el aliento y me dispongo a caminar. Mañana será lunes, un día como cualquier otro, pero al menos ya es hora de dormir, el momento anhelado.

CAPÍTULO

2

La lluvia es fría, seguro me enfermaré de gripa, pensaba en aquel entonces. No conocía otras enfermedades de la piel o respiratorias que ahora afectan tanto cuando cae esa brisa ácida mientras nos refugiamos en los techos reforzados de metal.

Esta tarde espesa de habitual contaminación, me he preparado un té con la flor que creció en el huerto vertical del departamento; la coseché junto con Milo. La bebida es color albaricoque, un fruto que se ha extinguido, pero su semilla está por retoñar esta primavera, en mi huerto personal.

Me dispongo a dormir temprano, quisiera esperar a Milo, pero es martes y llega tarde. Decido escuchar al reloj de la ciudad marcando el toque de queda que busca resguardar a la población de las olas de calor nocturno.

Él llegará al alba, detrás de las partículas tóxicas. Decidí no preocuparme más cuando me salvó de los charcos ácidos, un viernes mientras cruzábamos el puente. Ese cachorro es más listo y fuerte que yo, aún recuerdo cuando lo encontré guarecido bajo un escritorio abandonado en la intersección de la Rúa Aurea.

Ahora, aquellos que han sobrevivido, dejaron de ser cachorros para convertirse en guardianes de las entradas a la ciudad. Su gran destreza para olfatear es utilizada por las empresas de transporte, quienes reciben a diario a cientos de personas provenientes de alguna ciudad destruida.

Los caninos tienen la tarea de avisar si alguna persona viene contaminada en niveles extremos, entonces la guardia citadina abre paso a la congelación criogénica para llevar a esa pobre alma asustada al laboratorio. Ahí analizan sus órganos, sus tejidos, y entonces deciden si debe vivir o morir.

Mientras recuesto mi cabeza sobre la almohada, recuerdo sus esféricas manchas, aquellas que no tenían mucha forma cuando era un pequeño de seis meses.

Llegó el momento esperado por nosotros, por alguna razón que no comprendo los soñadores artesanales podemos compartir algunas historias, no siempre sucede, pero a veces puedo verlas.

Si la chica del piso de abajo puede soñar, la encontraría en algún rincón de este laberinto onírico, pero nada, no la puedo ver, así que decido dar vuelta e ir a otro lugar.

Atravieso un cúmulo de energía que resplandece en colores plata y azul, al salir de aquella puerta de circuitos cerebrales me encuentro en un lugar familiar.

En la cima de la colina más grande de aquella ciudad se encuentra un santuario. Yo lo visité antes de la contaminación masiva. Comienzo a subir la escalinata zigzagueante bordeada por estatuas barrocas; los amplios escalones de granito permiten dar pasos firmes.

De repente, asciendo de manera ligera, como si flotara. Al llegar al pie del templo veo a Ani y a Emil, quienes con satisfacción me dicen que han tomado el ascensor hidráulico para disfrutar la vista que ofrecen las arboledas que rodean el complejo espiritual.

—¿Qué es este lugar? —pregunta con excitación Ani.

—Uno de tantos que tuve la dicha de conocer con mi padre.

—Es tu memoria, ¿por qué nos has traído aquí? —me interroga inquieto Emil.

—No sé el motivo de estar aquí. Pero todo es luminoso, cristalino y el aire es puro.

—¡Respiremos! —exclama con dicha Ani.

Nuestros pulmones se llenan de oxígeno, el sol se encuentra solitario en el cielo, ni una nube lo acompaña, es cálido, demasiado, pero agradecemos que no se trate de una onda de abrasión.

Un goteo llama nuestra atención, no sabemos de dónde proviene, pero caminamos sigilosos para descubrir su procedencia, ese sonido se transforma en el fluir de un chorrito de agua proveniente de una fuente, de dos, de muchas. Creo que sé de dónde viene, les digo que hay que bajar las escaleras, me siguen y entonces las encontramos, comienza a brotar agua de las pilas bordeadas por flores púrpuras.

—No comprendo.

—Es agua, como no la había visto en tanto tiempo —suspira Ani.

No comprendo por qué ha comenzado a brotar todo ese líquido si no hay nadie en este lugar, ¿acaso es mi memoria recordándome que siempre tuvimos la elección de cuidar del agua?

—¿Es normal esa multitud de gente subiendo por la escalinata?

Al escuchar a Emil, giro sobre mi eje con brusquedad. Desde la cima vemos cómo mucha gente va llegando al pie del santuario y comienzan a subir deteniéndose en cada pila para tomar agua, guardarla en envases, en cubetas, en todo lo que se pueda. Las campanas comienzan a repicar, el agua sale a borbotones y las personas pelean por ella.

—¿Qué está pasando?

—Disturbios.

—Pero tú controlas este mundo, haz que se detengan —dice Emil.

—No puedo, no logro controlar el curso del agua. Nunca había visto tantas personas dentro de un sueño. Se acercan más y más, están a unos cuantos metros de donde nos encontramos; sé que no pueden herirnos, no pueden acercarse a nosotros. Uno de ellos parece vernos con odio por ser los únicos en el último piso de aquella escalinata. Nos señala y les dice a los demás que suban. Corren con furia hacia nosotros y parece que quieren lastimarnos, pero una energía nos protege, se forma una fina capa creando un círculo que no pueden atravesar.

—Tú estás haciendo este campo de energía ¿verdad?

—Emil, dame tu mano.

—Estas personas no son parte de mi sueño, algo está invadiendo mis memorias.

—Deben ser los facilitadores.

—¿Cuánto tiempo puedes seguir creando el campo de energía?

Me concentro en la voz de Ani, en la melodía del agua, en el cielo despejado.

—Deben irse, no pertenecen aquí.

El bullicio decrece, las personas que quieren dañarnos desaparecen, el agua deja de correr.

—Lo lograste, sabía que podías.

—No es de celebrarse, alguien quiere invadir mis sueños, nuestros sueños.

Decidimos separarnos para averiguar si estando solos, también ocurre algo anormal.

Siempre que he estado por mí misma, ningún intruso apareció en los laberintos oníricos. Sólo los soñadores artesanales pueden visitar nuestros mundos interiores, los reconocemos, no hay envidia ni odio, son transeúntes que buscan paz en sus memorias.

Esta multitud quería agua, se veía sobresaltada, nunca aparecen en grupos... Si recuerdo bien, eran tres o dos personas multiplicadas, repetidas, todas con las mismas facciones y ropa. Sueños fabricados con precisión, como si provinieran de una máquina.

Al despertar, resulta extraño que no esté sobresaltada; mis memorias siguen en paz. Debemos ser más precavidos, crear más niveles dentro de nuestros sueños para que no nos encuentren.

Milo está en su almohada durmiendo, es casi doloroso observarlo en la profundidad de su descanso, suspira un par de veces, no se inmuta; es bueno saber que este canino concentra en todo su ser la definición de armonía. Después de las últimas oleadas de catástrofes naturales, la población refugiada bajo los domos de las naciones que sobrevivieron, comenzaron a olvidar a la mayor parte de las especies animales. Con los mares contaminados, los glaciares derretidos y la sequía en bosques y selvas, se informó de una masiva extinción de flora y fauna. Yo sigo teniendo mis dudas de lo que hay afuera de esta bruma contenida por la tecnología de la Maquinaria Suprema.

¿Acaso el resto del planeta también es un cascarón vacío como los habitantes de este lugar, acaso ya no queda nada de humanidad, ni flores, ni leopardos, ni abejas, ni peces?, ¿todo habrá muerto?

Mis preguntas matutinas siempre llegan a oídos de Milo; no es mi intención despertarlo, pero busco la sensación de una conversación, intercambio de palabras o, mejor dicho, escuchar mi voz para no olvidar esa forma de comunicación y no sucumbir ante el uso adictivo de la red.

Mientras Milo se queda en casa por la mañana, me alisto para salir y continuar con el trabajo de recolectora, un oficio que implica algo de historiadora y exploradora.

Encontrar herramientas y objetos de la antigua época es provechoso, pues las compañías los compran para descomponerlos y obtener material. Abrazo a mi amigo y le digo que nos veremos antes de la proyección de las noticias vespertinas.

Realizo una serie de ejercicios, estiro mi espalda, mi cuello, mis piernas, inhalo y exhalo; todavía puedo sentir un dolorcito en mi pecho cuando respiro. Coloco el pesado traje de protección, la máscara de gas, tomo mis herramientas y salgo de la vivienda para caminar alrededor de quince minutos hasta la montaña de residuos que me han asignado esta semana.

Alzo la mirada, una tormenta eléctrica parece ocurrir fuera del domo, aunque en el horizonte se eleva un cielo rojo.

A medio día saludo a Ani y Emil, conversamos sobre lo sucedido en el último sueño. Ninguno notó algo extraño al transitar de forma individual por el laberinto onírico.

—¿Creen que se deba a que la actividad neuronal es más fuerte cuando estamos en grupo? —formula Emil.

—Es posible que ellos puedan detectarnos así —le digo.

—Pero no sucedió cuando vimos a otros soñadores artesanales —dice Ani.

—Puede ser porque se encuentran en otras naciones. Pero al estar los tres en un perímetro cercano, la energía es más fuerte y emitimos señales hacia afuera —concluyo.

—Y ¡pum!, ahí están ellos para recibirlas, siempre vigilantes de lo que las personas hacen —exclama Emil.

La alarma punzante de la ciudad comienza a sonar, las personas corren a sus viviendas con desesperación.

A un kilómetro de donde nos encontramos ha caído una basura espacial, corremos hacia ella, si logramos recolectarla antes que los demás, obtendremos una bonificación especial, así que hacemos nuestro mayor intento por trotar ya que en estas condiciones es difícil respirar.

El desecho ha traspasado el domo, un aire helado se cuela hacia las calles áridas de la ciudad; al llegar justo al punto donde ha caído nos damos cuenta que el residuo ha desaparecido, pero no hay nadie en el lugar. Un viento lacerante recorre nuestros trajes, Emil y Ani se abrazan.

—¡Tenemos que irnos, es una trampa! —les grito.

Nos escondemos tras un muro de lo que parece haber sido un centro médico. Unos segundos después observamos cómo un recolector llega al lugar, inspecciona el área, se queda unos minutos cuando las aeronaves oficiales de la Maquinaria Suprema arriban y lo capturan. Junto con él también han aprehendido la pieza de un satélite, el mismo que ha caído sobre el domo.

El toque de queda es anunciado por la voz robótica: "Habitantes, por su bienestar, las actividades se han suspendido hasta quedar reparado el domo de la ciudad. No salgan de las viviendas".

Nadie ha presenciado la captura de aquel recolector y ahora tenemos que escabullirnos por los escombros hasta llegar a nuestra vivienda.

Estamos asustados, con muchas dudas, ¿por qué se lo llevaron?, ¿piensan que es un soñador artesanal?

Lo hemos visto antes, el recolector era un cascarón, muy enfocado en la bonificación que se obtiene al llevar las piezas a las compañías. Ágil, pero incapaz de soñar, ¿por qué se lo han llevado?

Llego con esa pregunta en mi mente, veo a Milo un poco exaltado y jadeante, le cuento lo que ha sucedido.

Él tampoco saldrá a su guardia de esta noche, así que preparo alguna merienda con los tomatitos que quedan en el huerto.

Afuera se escuchan sigilosas pisadas, es la guardia de Inteligencia Artificial, la despliegan cuando hay estado de alerta y máxima seguridad. Son figuras altas, entrenadas como soldados, de aspecto humanoide, pero con ojos robóticos.

Guardo con precaución mis pensamientos, ya que con un simple nano chip pueden escanear tu mente. Será mejor tener un bajo perfil y no hacerlos tocar a la puerta para alguna inspección.

Sirvo un poco de líquido para que Milo pueda beber y se quede tranquilo. Lo acaricio, él sabe cómo comportarse ante estas situaciones, ha visto a la guardia IA más veces que yo.

En las fronteras hay más presencia de ellos, llegan en decenas cuando un transporte reporta niveles altos de toxicidad en las personas que lo ocupan. Entonces los caninos no intervienen, la IA los captura y no se sabe más de aquella gente.

Nos recostamos sin cerrar los ojos, con la respiración tranquila, como lo harían los autómatas, sin emociones. Pasadas unas horas puedo suspirar y temblar, pienso en Leo. Me quedo un poco más tranquila porque he recibido un mensaje de Ani y Emil diciendo que están a salvo. La guardia IA se ha marchado, Milo mueve su colita pidiendo de comer y mi estómago también ruge como cuando el hambre lo invade.

CAPÍTULO

3

Es medio día cuando cruzamos el campo de tulipanes, ellas nos invitan a pasar, aún no puedo creer que conoceré la vida secreta de las plantas. Todo es inmenso desde esta perspectiva. Me maravilla la cantidad de posibilidades para apreciar a nuestro alrededor y solemos enfrascarnos en el mismo ángulo.

Caminamos jugueteando y admirando las flores que se asoman a unos metros de altura por encima de nosotros. A través del pistilo del tulipán más grande nos conducimos por un viaducto que baja por el tallo y conecta con todas las plantas del lugar, la tierra emite vibraciones armoniosas, no nos lastiman, pero es un tremor sinigual.

En lo profundo de la hierba, entre los rocíos veraniegos, vamos por un túnel que nos lleva hacia la entrada de la vida de las plantas. Las crisálidas abiertas forman escudos que protegen su hogar y mientras más nos acercamos el sonido se vuelve más estridente.

Habíamos escuchado de la bailarina de capullos verdes, quien con alegría lidera la existencia de toda la fauna y flora. De silueta delicada, es una guerrera que defiende las especies fuera y dentro de su mundo. Solía convertirse en una mariposa monarca cuando visitaba nuestro planeta, para observar desde nuestra perspectiva el ciclo de la naturaleza y cómo los seres humanos la cuidábamos.

Leo y yo vamos tomados de la mano, seguimos bajando por ese conducto cuando atravesamos una luz cegadora que nos hace cerrar los ojos. Al abrirlos observamos ante nosotros preciosas ciudades de zafiros y tsavoritas verdosas. Columnas firmes se erigen de lado a lado en la colosal puerta de madera que comienza a abrirse.

Las figuritas delgadas, dedicadas a las actividades que mantienen en equilibrio la supervivencia de la naturaleza, nos saludan con sus pétalos cuando arribamos.

Luminosas lucecitas caen del firmamento como una lluvia de diamantes y fragancias que dan alegría a todo el sitio.

Descalza, como antes no lo había estado, bajo del transporte traslúcido conectado a millones de raíces. La hermosa bailarina de capullos verdes aguarda al lado de coloridos retoños, ella nos recibe con su finura angelical y nos pide que la acompañemos.

—El proceso para cuidar del ecosistema es delicado, pero no imposible —dice, mientras Leo toma con fuerza mi mano en señal de que es momento de partir.

Lo más difícil de soñar es darse cuenta que me encuentro bajo una tormenta de radiación nocturna y no hay flores ni plantas con las que platicar.

Leo fue al primer soñador artesanal que conocí. Decidió llamarnos así porque, a diferencia de lo que ofrecía la propaganda digital, nuestros sueños no eran producto de químicos ni dispositivos artificiales, eran creados de forma natural, tejiendo cada puente interneuronal.

Nos encontrábamos en la Academia de Recolectores, al sur del domo destruido por el satélite XVII. Era un día igual que los demás: despertar, bañarse, comer una rebanada de complejo proteico, para después subir a las montañas de residuos y completar la búsqueda de las partes de los dispositivos que nos indicaran.

Aquellos dos años fueron los más detestables para mí. Los percibí como una década donde no podía descifrar nada. Estaba en el camino más sinuoso de todos, el de encontrarme a mí misma. No sabía qué sucedía cuando dormía, no podía tener claridad ni memoria exacta de los detalles en los sueños.

Sin embargo, sabía que algo distinto sucedía en mí cuando por la noche todos tardaban más de dos horas para poder conciliar el sueño. Escuchaba sus comentarios de lo terrible que lo pasaban y me sentía egoísta porque yo sí podía descansar por las noches, aunque al despertar sólo recordara imágenes borrosas, todas de golpe.

Eran días aburridos porque, precisamente, no podía conversar con alguien, intercambiando mi sentir, mis dudas y anhelos por aquel mundo que recibía al día toneladas de basura espacial provenientes de los satélites. Me encontraba fuera de lugar, incómoda, en una habitación con personas de mi edad con quienes no podía establecer una real conexión; muchas veces pensé que yo era la del problema por no confiar, por no seguir las pláticas superficiales, pero cuando trataba de acercarme notaba que ya no sabían cómo ser humanos, y eso me entristecía.

En el escuadrón tercero se propagó la noticia de un joven que había escalado la montaña y recuperado, en un tiempo récord, todo lo que se pedía en la lista. Eso sí se celebraba, la competencia desmedida por complacer a una industria que nos había reclutado en nuestra adolescencia para servir al sistema.

Tenía apenas diecisiete años, pero me sentía como alguien de veintinueve que no había alcanzado el propósito en su vida y se encontraba atrapada en aquel lugar. Esa tarde de sábado, a la hora de la comida, conocí a Leo.

Sentado en una silla alejada de todos, no alardeaba por su nueva marca, no presumía su llegada a la cima, sólo observaba el diminuto tallo de una planta que se asomaba entre la tierra debajo de un mostrador. Me di cuenta que su mirada estaba en otro lado, y entonces la noté: una forma de vida luchando por crecer aunque nada ahí fuera adecuado para ella.

Creo que así me encontraba en ese momento, inadecuada, pero de alguna u otra forma tenía que seguir peleando para sobrevivir, terminar todas las pruebas y obtener un trabajo para poder alimentarme por los siguientes años antes de que mis pulmones colapsaran o una tormenta solar me provocara severos daños en la piel y muriera.

A esas alturas mis esperanzas por conversar con alguien eran inexistentes. Estaba dispuesta a convertirme en una autómata que despierta, se alimenta, trabaja, duerme y vuelve a repetir el ciclo.

Aquella noche no pude conciliar el sueño porque no dejaba de pensar en aquel organismo que trataba de florecer. Entonces me levanté, salí de la habitación y corrí con sigilo hasta el comedor para ver a la planta. Ahí estaba, de verde fulminante, pero pequeña e indefensa.

Decidí, cada noche, regarla hasta que surgiera un poco más y poder traspasarla a una maceta acondicionada para cuidarla en la habitación.

Ocurrió entonces, tras una semana, que la plantita por fin brotó, estaba lista. Me di cuenta que era capaz de volver a sentir, aunque ya no tuviera fuerzas para creer en las conexiones, ahí estaba ella demostrándome que la energía seguía vibrando en nuestro planeta, sólo éramos nosotros los marchitos.

Corrí de vuelta a la habitación por la maceta que había construido con algunos materiales y al regresar pasó algo inesperado, me encontré a Leo con una pequeña lámpara de fotones.

—Necesitará luz a donde sea que la pienses llevar si es que la traspasas fuera del comedor —dijo.

—Quiero que siga creciendo sin temor a que alguien la arranque —respondí.

—¿A dónde piensas llevarla?

—A la habitación, creo que estará más segura allá.

Sin juzgarme, Leo hacía las preguntas necesarias para asegurarse de que la planta se encontraría en buenas manos, me sorprendió cuando me dijo que él también había estado cuidándola al amanecer, al notar que estaba creciendo bien pensó que alguien más la regaba. Así que esa noche decidió levantarse y no esperar al amanecer, con suerte encontraría al autor de aquella hazaña.

Conversamos por largo rato, las horas pasaron y descubrimos que ambos podíamos dormir, soñar, sin problemas de insomnio. Hablamos de la biblioteca perdida que visitó con su mamá y su papá antes de las catástrofes, yo le conté de los libros que guardaba como un tesoro. Hicimos algunas bromas y sonreímos muchas veces, dijimos que nos encontraríamos al otro día para platicar en el comedor, le contaría de la plantita y él me hablaría de sus conocimientos de ingeniería ambiental leídos en los libros de historia contemporánea.

Al otro día anunciaron que Leo había pasado todas las pruebas y que sería enviado a la nación que tenía más problemas para recolectar, lo necesitaban allá. Me sentí triste porque no sabía lo que le esperaría. Si eras excelente, te enviaban al peor destino; pero si no pasabas las pruebas, te exiliaban.

Leo me buscó en todos los escuadrones hasta dar conmigo. No sabía qué decirle. Él me miró como nadie me había visto antes, como alguien que creía en mí, alguien que veía más allá de mi coraza, del cuerpo que me transportaba todos los días al campo de recolección.

—No dejes de soñar por las noches, atento en el día para sobrevivir, nos encontraremos en los puentes que construyamos en la memoria —le susurré al abrazarlo.

—Te encontraré cuando sueñes.

—¿Cómo?

—Tú puedes hacerlo, estoy seguro. Puedes viajar cuando sueñas, yo sólo visito los lugares de mis recuerdos, pero tú has ido más allá.

Aunque Leo se había ido a otra nación, estaba en paz porque había encontrado vida, una conexión y a mí misma. Después de todo, si se trataba de hallar una forma de preservar la humanidad que aún existía en mí, ahí estaba, dándome respuestas a través de los vínculos que podía tejer con otros, con la naturaleza y conmigo.

Esa noche dormí profundamente y pude recordar cada detalle, cada instante. Plantas que me hablaban, me contaban sus aventuras y cómo habían llegado a sembrar todo el planeta.

Cuando aprobé la Academia, me enviaron a la nación donde hoy me encuentro, no había tenido noticias de Leo y, dado que en esos días no nos permitían un dispositivo de enlace de comunicación hasta que fuera instalado nuestro chip a la llegada de la nación donde nos quedaríamos, no podía saber qué había pasado con él.

Al desaparecer las fronteras y el concepto de continentes, nos separaron en naciones Vertederas de Contaminantes y Recolectoras. No significa que en una nación como en la que me encuentro no haya alguno que otro vertedero, pero son los menos. Aquellas que son catalogadas como VeCos, canalizan toda la tecnología producida para impedir que esa polución se expanda por el aire, por los canales e, incluso por los conductores digitales. La basura también es electrónica, nubes de información saturada: vídeos de homicidios, pornografía, violencia, y muchos más contaminantes.

Cuando me instalé en esta nación, busqué en la red algún registro de Leo, pero los datos que surgían no eran de él. Nos habían informado que la nación más grande de VeCos, por todos los problemas que enfrentaba, dejaba sin tiempo de ocio a sus habitantes. Seguramente Leo estaba salvando especies naturales, contándoles a los demás de ellas y trabajando arduamente.

No resultó extrañó que la primera vez que lo volví a encontrar haya sido en este mundo, el de las plantas. Entonces navegaba sobre una hoja gigante de lirio acuático, mientras yo lo veía a la orilla del río.

Sonreímos a la distancia mientras me decía en voz alta cuán feliz era de que lo hubiera encontrado y le permitiera visitar un mundo que no había conocido, en donde estaba seguro. Ése fue el inicio de nuestros encuentros.

Parpadeo un poco antes de abrir los ojos para observar el techo cubierto por nano esféricos materiales que lo hacen resistente a las radiaciones y para que, en caso de que caiga encima de esta vivienda una basura espacial, pueda salir a tiempo.

Después de despedirme de Leo y la bailarina de capullos, todavía dormité un poco, recordando el momento en que lo conocí, fotografías mentales que se acumulan en los libreros de la memoria hasta encontrarnos en persona.

¿Por qué las personas dejaron de soñar? Desde la llegada del enlace entre ordenadores y el cerebro humano, aquellas con mayor poder económico contrataron ese servicio para sumergirse en la fantasía de los paisajes naturales.

Con la contaminación en aumento, hambruna y escasez de agua, las personas cuentan con una mala salud e insomnio constante. Sin embargo, aquellos colocados en la cima de la cadena productiva, tampoco dormían. Sin sueños, la humanidad se fue marchitando desde adentro aún antes de que afuera ya no se pudiera sembrar.

El genio Noel Kums había trabajado en la construcción de la Inteligencia Artificial para descubrir los secretos maravillosos de la mente, pero tras su fallecimiento, las compañías carroñeras no tuvieron otro objetivo más que el consumismo y la obtención de dinero.

Sin un corazón abierto a escuchar la conciencia colectiva de las comunidades, la tecnología quedó supeditada a las ambiciones.

Mientras esos pensamientos aparecen, me levanto y veo a Milo recostado, con sus ojos almendra fijos en mí, esperando con paciencia para comer. Decido preparar el desayuno del campeón.

Voy al huerto vertical en la pared del departamento, este día luce más lúgubre de lo normal; las semillas y frutos requieren cuidados intensos para lograr su ciclo. Yo hago lo posible por ellos: los riego, les platico y me quedo observando cómo un pequeño tomate rojo se asoma.

Anoche dimos un paso más, Leo entrelazó su mano con la mía y pudimos comunicarnos. Debemos juntar a más soñadores artesanales.

Recuerdo la noche en que Noel Kums falleció, encontré a Leo en un capullo ayudando a una abejita a sustraer el polen, caminé hacia él para decirle que seguramente los problemas iban a aumentar sin un líder.

Él parecía querer abrazarme, pero entonces todavía no podíamos acercarnos tanto así que sólo extendió sus brazos sin caminar hacia mí, y me dijo que nosotros debíamos seguir recolectando, pero no partes electrónicas, sino formas de vida, personas, plantas, frutos, todo tipo de especies para resembrar la Tierra.

—¿Cómo has logrado tener esa claridad?

—Lo supe cuando te vi ayudando a esa plantita, aún tenemos esperanza.

—Sí —respondí con seguridad.

Desde mi primer rescate con la herbácea en la Academia, continué buscando formas de vida más allá de lo digital, y me di cuenta de lo brillante que es la naturaleza para sobrevivir.

Cada vez hay menos plantas hortícolas porque la tierra está infestada de químicos y las sequías se agudizan, pero de alguna u otra forma he logrado recolectar más de diez especies herbáceas. Aunque tienen ciclos de vida cortos, sé que afuera de las naciones aún hay áreas donde se puede sembrar y cosechar.

Nadie ha logrado salir de aquí y me pregunto, ¿qué hay allá afuera? No he conocido a alguien que haya ido más allá de los límites de los domos y regresado para contar su historia. La Tierra, como mecanismo de defensa, atraviesa por tormentas de nieve, de arena y lluvia, pero hasta estos fenómenos han sido alterados, no son los que conocíamos antes.

Cuando estuve en la Academia nunca me atreví a salir de estas fronteras, pero hoy, ocho años después, el impulso es más fuerte que nunca. Quizá al emprender el viaje pueda lograr que los frutos sigan brotando allá afuera.

Milo mueve su colita de izquierda a derecha porque es momento de comer. Como es mi costumbre, después de terminar los alimentos me aseo.

El can se recuesta con las orejas hacia atrás, su colita curvilínea sobre el piso y su patas cruzadas como si fuera el dueño del cuarto que ambos habitamos. Después de unos minutos comienza también su aseo personal y bosteza mostrando su rosada lengua.

Los recolectores de las VeCos son considerados héroes caídos, su extrema capacidad física es digna de admirarse, pero los han llevado a los lugares más inhóspitos y crueles para intentar detener la contaminación que se expande en todas las formas posibles.

En la VeCos del sur conozco a otros soñadores artesanales, son personas fuertes, muy amigables, ellos trabajan con la descontaminación de los océanos, ya que todo el sur quedó inundando.

Por la noche encuentro a Leo cuando vuelvo a la vida secreta de las plantas. Le cuento lo que pasó con los intrusos del sueño. Se queda intranquilo, pero está de acuerdo en crear más niveles oníricos para despistarlos.

Él me dice que tampoco ha tenido suerte en reconocer a otros soñadores artesanales en su nación. Está feliz de que tenga la amistad de Ani y Emil, a quienes conoció en el laberinto más divertido por el cual he transitado.

Nos sentamos sobre la hoja de una orquídea mientras contemplamos el atardecer. Siento su mirada cálida mientras veo los últimos rayitos de sol, nuestras manos están entrelazadas, sus ojos lucen más brillantes de lo normal y no puedo evitar sonreír.

—Creo que siempre tuve miedo de esto.

—¿A qué te refieres? —le pregunto con curiosidad.

—Al amor, a sentir.

Me quedo por un momento sin palabras, él prosigue.

—Pero ya no. Quiero estar en la misma nación que tú, para cuidarnos, para recolectar juntos.

—Yo también lo deseo con todo mi corazón. Antes de que todo esto pasara, era muy joven y lo único que quería era viajar para conocer el mundo. Después, tuve mucho miedo del mundo que nos quedó, de estar sola, sin mi padre.

—Cuando la extinción comenzó yo tuve que ser valiente por mis padres.

—Sí, siempre hay alguien que nos impulsa a dar más.

—Desde el primer día me di cuenta que eras la persona más especial que había conocido.

Sonrío y coloco mi cabeza sobre su hombro.

—No sabía lo que significaba amar hasta que te conocí, Leo. Pero de eso no tengo miedo, es muy extraño.

—Por mucho tiempo he temido que me pasen cosas buenas, es como desconfiar al sumergirte en agua clara y tibia. Así que me dediqué, como la mayoría, a trabajar, obtener dinero, consumir.

—Es bueno poder decir nuestros miedos en voz alta, para darles cara y enfrentarlos —digo sonriendo.

—Contigo sonreír es sencillo, natural.

—Eres el más valiente que conozco por estar en la VeCos más peligrosa.

—No es tan aterrador —dice en tono juguetón. Me toma de las manos y pone una mirada seria—. No tanto como estar frente a la chica de quien estoy enamorado y saber que estamos en un sueño.

Suspiro y abro los ojos, ya he despertado. A veces la ansiedad me invade y pienso si todo esto no es sólo producto de mis deseos. ¿Si sólo fuera un Leo que yo imagino, pero que no existe?

He conocido a otras personas, he platicado con ellas y he visto a Ani y Emil en el laberinto onírico, cuando conversamos despiertos sabemos que todo lo que pasó ha sido real para los tres, ¿eso quiere decir que sí he conversado con Leo?

No hay tiempo para dichas cavilaciones, organizo mis herramientas, aseo el cuarto y me despido de Milo para salir a trabajar. Justo al bajar los escalones, encuentro a la vecina que sale también por provisiones para alimentarse, no confío mucho en la compra de esos alimentos que han sido alterados químicamente.

La saludo y de manera cordial le pregunto cómo está su hija; intento tener pistas sobre ella. La vecina no me dice mucho, sólo comenta que tiene prisa porque recibirá a los facilitadores en su casa.

Esas visitas no ocurren con tanta frecuencia, he notado que han recibido más visitas que cualquier otra familia. Camino cuidadosamente, observo hacia todas direcciones, siento que me observan, algo malicioso se mueve en el aire.

—¿Segura que no es tu paranoia? —me dice Emil.

—No lo sé. Dudo de todo...

—¿De los encuentros? Tú puedes conectar con otros mundos y nos invitas a ellos cuando dormimos, es muy real. Leo también lo es —exclama Ani.

—Es que no estoy respirando bien, quizá por eso se aturden mis pensamientos.

—Debemos ir a la Central de Medicina, tienen que revisarte.

—No tengo ganas, Emil. Siento que algo muy malo va a suceder.

—No, no digas eso —dice Ani.

Oh, Ani, si pudiera nos llevaría lejos de aquí a todos, para comenzar a habitar un nuevo planeta. Quisiera que esto fuera el sueño y no la realidad. Si tengo el poder de conectar mundos, no ha sido de gran utilidad hasta ahora.

—Sé que estás pensando algo, pero no tenemos el poder de leer tu mente.

—Lo siento, Ani, se me ocurrió algo.

—¿Qué?

—Nunca he tratado de establecer un puente.

—¿Cómo un puente? —pregunta intrigado Emil.

—Podemos encontrarnos en el laberinto onírico ¿cierto?

—Sí —dicen al unísono.

—Si logro abrir un puente podría hacer pasar a otros soñadores artesanales hasta el lugar donde estemos.

—¿Puedes hacer eso? —pregunta impresionada Ani.

—No tengo idea, pero se me acaba de ocurrir. Tengo que intentarlo. Tendrá que ser un lugar de mis memorias, no de los mundos creados.

—De ser así, el puente por el que cruzarán los llevará a un lugar en este mundo, aunque ahora esté contaminado.

—Estamos hablando de la posibilidad de un viaje cuántico, ¿se dan cuenta?

—Ani, sólo quiero ver si puedo crear una curva en la dimensión del sueño que conecte este mundo con las memorias.

—Nada nos asegura que otros van a ser capaces de cruzarlo, ni de cuánto tiempo podrá mantenerse estable.

—Exacto, pero es una diminuta posibilidad.

—Yo creo en ti, y si tú dices que quieres intentar, entonces te apoyamos ¿verdad, Emil?

—Sí, así es, siempre.

—Gracias amigos, les avisaré, cuando esté lista. Tendrán que ir a casa conmigo y con Milo para monitorear que no haya facilitadores o guardias cerca.

Respiro con extrema dificultad, así que me acompañan de vuelta a casa. Me preguntan si quiero que se queden conmigo, pero les respondo que no es necesario, sólo debo descansar mucho.

Esta noche no sé si quiero crear algún sueño, así que permanezco de pie al inicio del laberinto onírico. De repente, veo una sombra que se acerca a mí. Es Leo.

—¿Cómo… puedes…?

Me quedo sin palabras frente a él.

—No estabas en la vida secreta de las plantas, así que decidí salir a buscarte, como cuando te busqué en los escuadrones antes de irme de la Academia.

—Pensé que… quizá todo era producto de mi fuerte deseo por volver a verte.

—Ven, quiero que vayamos a mis memorias. Tú no sabes de ellas porque nunca te las platiqué cuando nos conocimos.

Toma mi mano y caminamos, pasamos un par de intersecciones hasta entrar por el cúmulo de energía.

Llegamos a un lugar que nunca había visto, parece el Caribe.

—Aquí vivía con mis padres; recuerdo el faro, la ciudad amurallada...

—¿Estamos en tu hogar?

—Así es, me dice sonriente y nostálgico al mismo tiempo.

Al despertar, por fin logro comprender a qué se refería mi padre con aquella frase. Habrá mucho que me haga dudar de mí misma, pero ya no más.

—Debemos intentarlo esta noche.

—¿Sigues mejor?

—Sí, Ani, he podido dormir mejor que nunca.

—¿Segura quieres tratar hoy? Tendrás que utilizar mucha energía.

—Estoy segura. Sé que puedo.

Siento fuego en mis ojos.

Terminamos la jornada de recolección sin contratiempos, un día sin noticias, sin nada fuera de lo normal. Ellos van a su casa, hemos decidido que cada uno por separado llegará en la noche, antes del toque de queda.

He comido bien, me siento con sueño, Milo no irá de guardia hoy, es su día libre.

Estamos listos, ellos cuidarán el perímetro, Milo me mantiene tranquila mientras cierro los ojos y comienzo a dormir.

Llego a la entrada del laberinto onírico, decido que la playa de Apulia será el lugar para crear el puente.

Voy caminando y la veo tan hermosa, limpia, la brisa fresca, el aroma de agua y sal, el canto de las gaviotas. Los edificios de departamentos tan cercanos al océano, bordeados por paredes con flores, mesitas de jardín con sus respectivas sombrillas. Hay unos barcos anclados en la orilla, pertenecen a los marineros que por la mañana han ido a pescar.

Un puente, la curva, el bucle, el laberinto onírico direccionado a Apulia. La playa direccionada al laberinto, el bucle, la curva, el puente.

Partículas de energías concentradas en el firmamento provocan truenos, la energía acumulada abre un vórtice, pero no veo a nadie, pienso en Leo. Piensa en mí, Leo. Lo veo, observo su sombra, camina por la ciudad amurallada, lo llamo.

Llamo a todas las personas que continúan soñando, a los soñadores artesanales que hemos conocido y a los que no, para que sepan que al cruzar este puente nos encontraremos, estamos dispuestos a revivir al planeta, a regresar a los días verdes.

Me concentro demasiado en mantener ese cúmulo de energía, pero comienzo a sentirme agotada, nunca me había sentido cansada al soñar. Tengo un dolor en la espalda, en los pies, en las manos que permanecen estiradas para abrir el puente; percibo un murmullo lejano, un adormecimiento.

Despierto sobresaltada, Milo no está a mi lado, Ani y Emil están dormidos en las sillas. Me levanto y los sacudo con fuerza, veo a mi amigo canino que ladra hacia fuera de la ventana; me acerco para calmarlo, no hay nadie allá.

—¿Qué pasa?

—Se quedaron dormidos, sólo fueron unos minutos.

—¿De qué hablas? —bosteza Ani—. Falta una hora para que amanezca.

—¿Qué dices, pasó tanto tiempo? Pero apenas lo estaba intentando, llamé a Leo para cruzar, pero me desperté.

—Te vimos dormir tan plácidamente que creímos que todo estaba bien, así que nos dormimos también.

—Lo siento mucho —dice Ani.

—Al menos lo intentamos.

—Debemos volver a intentarlo mañana.

Salen en diferente dirección. Milo parece inquieto, lo acaricio, lo abrazo.

—Es tiempo, mi amigo.

CAPÍTULO

4

El negocio del cinema onírico que permitía ver el mar, tener la sensación de respirar el aroma de un bosque o sentir la arena, está en bancarrota.

Las personas cada vez se aíslan y enferman más, les cuesta recordar la naturaleza. Lo peor es para los niños que no podrán ver las nubes de color blanquiazul y que, sin conexión con la naturaleza, no son capaces de sobrevivir más allá de los diez años.

La Maquinaria Suprema codicia todo lo que emerge de la faz de esta tierra que agoniza, comercializa hasta drenar a la gente poco a poco.

También han surgido noticias de que algunas naciones VeCos están teniendo muchas revueltas, la gente está inconforme. Aún no sé si eso es una buena señal, de que están despiertos, o sólo evidencia que la violencia ha inundado las mentes de quienes todavía continúan con vida.

Tras subir la colina de residuo tecnológico me encuentro con Ani y Emil. Qué sería de nosotros en esta atmósfera sin el respiro que dan las personas queridas que nos hacen olvidar la desesperanza.

Los adultos que tuvieron más vivencias de aquellos días verdes ahora se marchitan, no les gusta hablar del pasado, pero tampoco toman acciones para el presente.

Ani, Emil y yo sabemos que no podemos pensar en un futuro, no sabemos si habrá, pero queremos cambiar nuestro presente.

Cuando terminamos de recolectar, la bruma espesa calienta nuestros trajes y decidimos regresar a comer algo. Nos gusta juntarnos para compartir los sueños del día anterior. Ellos han logrado nuevas conexiones con otras personas, les han platicado sobre mí.

—¿Qué pueden contarles de mí? —pregunto con el rostro colorado.

—Ellos sólo pueden regresar a sus memorias como nosotros, pero ninguno conecta los mundos como tú.

—Además, les hemos dicho que si ven el puente de Apulia, se dirijan hacia allá.

—Yo les he platicado a los soñadores artesanales de la nación del sur sobre ustedes. Los mejores amigos que pude encontrar.

Nos reímos, saboreamos unas barras proteícas como si fuera un manjar mediterráneo. Les digo que admiro su calidez, siempre inspirando energía positiva.

—Recuerdo que al llegar aquí no sabíamos cómo manejar lo que nos sucedía cuando dormíamos.

—Sí, tú nos inspiraste primero.

—Además, hiciste que nos conociéramos —dice Emil mientras abraza por la cintura a Ani.

—Brindemos por los encuentros para conocer a más soñadores artesanales —digo sonriendo.

Es increíble cómo la vida lucha por los vínculos, veo cómo se aferra por existir en las plantas y sus frutos, en mis amigos queriéndose, en Milo cuando me ve llegar a casa.

Siento una nostalgia desconocida por tiempos en los que no habité, pero que siento cada noche como si fueran míos.

Ayer sucedió. Viajaba con un grupo de amigas y amigos hacia la playa, al llegar a nuestro destino salí del auto como una chispa encendida, corrí por la arena y aparté el sombrero color salmón de mi cabeza. Los demás me decían que debíamos registrarnos en el hotel, ya habría suficiente tiempo para poder admirar la inmensidad del océano. Eso pensábamos, que siempre habría más tiempo para atesorar el momento.

El hotel estaba tan cerca del azul turquesa, que sólo quería aventar mis maletas y quedarme ahí de pie, observándolo para después sumergirme en las profundidades, pero por algún motivo sin explicación, como sucede en los sueños, ya había anochecido y al terminar de registrarnos sólo pudimos recorrer los jardines del lugar. En ellos sucedía una fiesta de veneración a la Madre Naturaleza.

Mientras avanzábamos entre la gente sonriente por el vino y la cerveza, decidí tomar el móvil y grabar esos momentos para enviarlos a mi familia, a quien nunca conocí, pero sabía que en el sueño estaban en algún lugar esperando por mí.

Al acercarme a la alberca rectangular del hotel, alcé la mirada hacia el firmamento y quedé prendida a la luminosidad del manto estelar. La bóveda celeste estaba adornada con cientos de estrellas, era un caminito precioso para recorrer con mi dedo índice, para plantarme en el pasto y observarlo hasta quedar sin aliento.

Un impulso hizo que bajara la mirada hacia el agua contenida en la piscina, fue regocijante y aumentó el estado extasiado en el que me encontraba descubrir el reflejo del cielo. Miraba un espejo de materia interestelar.

Me preparé a capturar el momento, pero la naturaleza sabia me aleccionó dejando al lente de la cámara sin la capacidad de capturar tal belleza.

Permanecí así hasta el amanecer, después fui a la habitación donde dormían todos, ahí encontré a

Leo preparando el desayuno. Ya no era una sorpresa cruzarnos por los pasillos del sueño. Sonreímos porque cada vez lográbamos mayor conexión.

—He visto el puente de Apulia.

—¿Me hablas en serio?

—Sí, sigue abierto, pero no he podido cruzar; voy a intentar de nuevo.

—¿Cómo es posible que siga abierto?

—Es nuestra oportunidad, hay que ir allá.

Estoy emocionada por contarles a mis amigos que lo hemos logrado, el puente está creado, el vórtice sigue abierto, Milo también está feliz y mueve su cola de un lado a otro con alegre compás.

Quiero bailar, pero el ruido de afuera me distrae, observo desde la ventana a la guardia IA que revisa algunas moradas no muy lejos de la mía. Sacan a la gente con fuerza, es muy de mañana, nunca habían aparecido tan temprano. Busco en la red alguna noticia, algún incidente, algo que esté fuera de lugar que los haya llamado. De manera súbita me doy cuenta, ¡es el puente!, ellos saben de su existencia, ¡saben de nosotros!

Pienso de inmediato en guardar las semillas y algunos frutos maduros en la mochila de campamento, y salir con Milo para buscar a Ani y Emil. Ya no es seguro estar aquí. Empaco todo de prisa, le explico al canino lo que sucede, sé que no habla mi idioma, pero sí que entiende mi esencia.

En la parte de atrás de la vivienda siempre hubo una escalera vieja de madera. Tomo a Milo en brazos y bajamos; la escalera está rota al final y tenemos que saltar, sólo espero que el ruido no llame la atención de la guardia.

Pasa la aeronave de la mañana con las noticias en el altavoz para informar a los ciudadanos. El golpe lo siento directo en la espalda y los pulmones, en mi cabeza también; Milo emite un chillido ligero. Me reincorporo y lo acaricio para calmarlo, nos escurrimos con sigilo entre las calles para llegar al otro extremo de la cuadra de Ani y Emil.

Prefiero no usar el mundo digital para no dejar pistas que puedan rastrear; mi amigo canino tiene que esperar en la esquina debajo de un latón de lo que parece haber sido un mueble. Llego al frente de la puerta y toco con rapidez, Emil abre la puerta desconcertado, bosteza una vez y lo empujo.

—¡Tenemos que irnos!

—¿Qué sucede, te encuentras bien? —pregunta Ani mientras me toma del brazo.

—Se los explico en el camino, los IA están registrando las viviendas y usando la violencia contra las personas.

—¿Qué? Pero por qué harían eso.

—Porque nos buscan, saben de los soñadores artesanales.

Ani corre en busca de su maleta que ya tiene lista para emprender la huida; ella siempre es tan organizada. Le dice a Emil que tome lo que pueda de comida.

—Yo saldré primero, pasados dos minutos sales tú, Ani, y luego Emil. Los espero en la esquina, donde está el latón morado, ahí está Milo también.

—De acuerdo, chicas, tenemos que quitarnos el chip, nos van a rastrear todo el tiempo con esto.

—Pensaremos eso en el trayecto, ahora tenemos que alejarnos de este perímetro —le digo a Emil.

Al salir, escucho algunos gritos una calle hacia arriba de donde nos encontramos; camino con prisa, pero disimulo, como si fuera a llegar tarde para recolectar. Al llegar con Milo veo que está atento a los ruidos y las voces robóticas, dispuesto a actuar si alguien se acercara. Una vez reunidos los tres, caminamos en dirección opuesta a los disturbios. Se escuchan gritos, pero todavía no hay disparos. Confío en que lograremos alejarnos lo suficiente hacia el sur para cruzar el domo destruido. Milo va adelante, Ani y yo vamos atrás de él y Emil va al final del grupo. Caminamos con buen ritmo, sin correr para no llamar la atención. Llegamos a las vías abandonadas del tren, estamos cerca del pabellón principal, a partir de ahí tendremos que pensar en una forma para atravesar la Academia de Recolectores que tiene instaladas cámaras de vigilancia alrededor. No podemos alejarnos más porque nos tomará demasiado tiempo rodearla y llegar al domo destruido.

—Tal vez podemos fingir que nos han enviado para recolectar algo de las montañas circundantes. De esa forma, podremos estar cerca del domo.

—Puede ser, aunque tomará más minutos pretender que estamos recolectando, tendríamos que subir y luego bajar la montaña para que luzca natural.

—No, sólo lleguemos al pie de la montaña, tomemos algunos residuos y caminemos hacia el domo.

—¿Qué hay del chip? Tenemos que arrancarlo.

—Tienes razón, Emil, pero ya estamos cerca de la Academia. Aquí hay demasiadas cámaras de vigilancia.

—Vamos al pie de alguna montaña y tomemos residuos, luego pensaremos —dice Ani.

Comenzamos a recolectar, sé que no tenemos mucho tiempo, pero todo va normal, nadie ha notado nuestra presencia. Le pido a Milo que no se aleje mucho, también es inusual que un canino esté en la zona sur.

—Tenías una maleta lista —le digo a Ani.

—Siempre supe que teníamos que irnos, pero no sabía cuándo. Tú tienes una misión, pero yo no soy como tú, no podría sobrevivir allá fuera sola. Así, al menos estoy tranquila porque estamos juntos.

—Claro que podrías. Por ustedes encontramos a más soñadores.

Me sonríe y dice:

—Debes abrir el puente. Vamos a hacer lo que sea para ayudarte.

—¡El puente, Ani, está abierto! Anoche encontré a Leo y me dijo que va a intentar cruzarlo. ¡Tenemos que ir a Apulia!

—Sabía que lo lograrías —dice Ani emocionada, aunque con preocupación en la mirada.

Emil se acerca y lleva en sus manos lo que parecen haber sido unos binoculares.

—No sé para qué servirán, pero...

Ani lo interrumpe con un beso.

—Emil, el puente sigue abierto.

—¿Por qué no lo dijiste antes?

—Sólo quería que saliéramos de ahí, pero debemos llegar a Apulia y ver si más soñadores artesanales lo encontraron.

—Claro que sí, nos reuniremos y comenzaremos una nueva vida.

—Si pudiste lograr eso, alcanzarás todo lo que imagine tu mente.

—Ani, no lo sé, yo sólo quiero que estemos a salvo…

—Vamos a estar bien. Escúchame —Emil me mira fijamente—. Si algo sucede, tú tienes que llegar a Apulia.

—No digas eso, vamos a estar juntos.

Veo a Ani con algunas lágrimas.

—Nunca nos hemos enfrentado a los IA.

—No sabemos qué nos espera.

—Por eso hay que seguir caminando. Intentemos cruzar el domo.

De nuevo el miedo, lo sé, pero no hay opción más que salir de ahí. En la Academia no nos enseñaron a combatir, pero sí a ser sigilosos, resistentes, a caminar mucho, escalar y camuflarnos con el entorno; podemos ser invisibles si lo deseamos, excepto por una cosa, el chip.

—De acuerdo, estamos a un kilómetro del inicio del domo, pero necesitamos quitarnos el chip.

—Sí, por mucho tiempo he investigado formas para lograrlo; es un procedimiento que dolerá porque éste se encuentra subcutáneo.

—Aquí tengo las herramientas que me pediste —dice Ani a Emil.

—¿Quién va primero?

Escucho a la distancia un ladrido, es Milo, algo debe estar acercándose; lo llamo, pero él no viene.

—Algo no está bien, tengo que ir por él.

—No —me toma del brazo Emil—, si ladró es porque no puedes volver allá.

—¡No voy a dejarlo!

El motor de una aeronave se acerca, la voz robótica aparece:

"Esto no es un simulacro, por su protección no se mueva de la zona donde se encuentra".

—Tienes que irte, no saben cuántos somos.

—Nos entregaremos —dice Ani.

—¡Jamás! Debemos irnos juntos.

Están más cerca, así que suelto una bomba de gas para cubrir el perímetro y les pido que corran hacia el domo.

El espeso gas no nos permite observar con facilidad, encendemos nuestra cámara infrarroja de la máscara y comenzamos a correr. Yo voy hacia el otro lado, con Milo.

—¡No!

Escucho el grito de Emil.

Detecto una onda de calor detrás de un objeto, es Milo con un sensor en un su pecho para inmovilizarlo, lo tomo en mis brazos y corro.

Las sirenas están sobre mí, se abren las compuertas de las aeronaves, escuchó caer los cuerpos pesados de los IA; sigo corriendo, pero me cuesta trabajo respirar. Cierro los ojos por un instante y me estrelló contra algo que me hace caer.

—Emil, ¿qué haces?

—¡Te estamos esperando!

Ani se acerca a Milo para desprender de su pecho el sensor. Corremos con todas nuestras fuerzas hacia el domo. Es una planicie árida, ya no hay montañas de residuos, el gas se dispersa; quizá estamos a menos de quinientos metros del domo cuando, de repente, algo cae de una aeronave. Es un cuerpo.

Gritamos con horror al ver que se trata de la chica enferma, de la que pensamos que también podía soñar.

Nos inmovilizamos. Ella está muerta, pero observamos unas cicatrices alrededor de su cabeza, como si le hubieran hecho una cirugía.

"El orden comienza con las leyes. No se pueden romper. Por mucho tiempo detectamos una señal intensa de actividad cerebral que cada vez se hacía más fuerte. Los facilitadores encontraron a esta chica y descubrimos que podía soñar, pero la señal tan intensa no provenía de ella. Así que la usamos como antena, para adentrarnos en su mente y que los facilitadores dieran con la persona que tenía esa capacidad. Nos sorprendió cuando en uno de los sueños pudo evadirnos, no pudimos filtrarnos para escanear su mente. Pero ya sabíamos quién era. Creímos haber capturado a uno de tus amigos cuando cayó la basura espacial, pero al escanear su mente no era más que uno de tantos autómatas. Te dejaríamos vivir, si no interfirieras con nosotros. Pero abriste el puente."

La voz robótica cesa, el gas se ha dispersado; estamos muy cerca del domo. Tiene una abertura pequeña, podríamos atravesarla si nos tiramos al suelo.

Las IA se acercan con velocidad hacia nosotros, estamos inmóviles, pero mi mente analiza todas las opciones para llegar hasta la abertura.

—Tú primero, Ani —digo.

—¡Qué dices! Estamos rodeados.

—A mi señal corran hacia el domo. Uno, dos…

Milo se lanza contra los IA que comienzan a disparar. Nunca había visto al canino tan ágil, tan fuerte, como si algo lo invadiera desde adentro y lo hiciera convertirse en lo que mis ojos están viendo.

Corremos desesperados, la alarma en toda la ciudad suena, se escuchan más motores de aeronaves acercándose, Milo viene detrás de nosotros.

Estamos a unos metros cuando lanzan sensores que atrapan a Ani y Emil, Milo me hace correr más rápido. En cuclillas me deslizo por la abertura, el canino me sigue, grito, pero él no me permite mirar hacia atrás, me jala para seguir corriendo, mientras los IA se amontonan y lanzan sensores, pero no pueden atravesar el domo sin romperlo, sería catastrófico para toda la nación.

Pasados unos minutos, mi respiración comienza a ser más pausada, me falta el aire y le pido a Milo descansar; estamos en un terreno árido, pero observo cerca un kiosco abandonado, así que nos escondemos ahí.

—Estamos tú y yo, amigo. Tenemos esta misión, hay que llegar al puente de Apulia. Es lo que acordamos con Ani y Emil.

Después de tomar agua y comer frutos, emprendemos la caminata. No sé cuántos kilómetros logramos avanzar hasta que encontramos una estación abandonada de tren, nos resguardamos en su interior, hace frío, ya es de noche, pronto podría ocurrir alguna tormenta, así que decidimos quedarnos ahí hasta el día siguiente. Nos despierta nuestro reloj biológico dado que no puedo utilizar el mundo virtual.

He decidido seguir por lo que queda de las vías del tren. Recuerdo que en épocas verdes el tren que partía desde la ciudad conducía hacia diferentes ciudades, una de ellas era la playa de Apulia.

—¿Está decidido, amigo?

Lo observo con detenimiento mientras bosteza y lame sus patas.

—¿Cómo pudiste hacer eso? Eras tan fuerte que destruiste a más de cinco IA, tú solito. Me salvaste.

Milo me observa con esa lucecita almendrada en sus ojos. Al día siguiente caminamos buscando algún tipo de vida. Continúo con mi trabajo de recolección, pero no hay rastros de existencia.

Pasamos algunas colinas, veo el firmamento por el vidrio empañado de mi máscara de gas, es gris y las nubes parecen estar cargadas de agua, pero no ha llovido. No había caminado tanto en años, pero el cansancio no lo siento en las piernas, sino en la respiración.

En la cima de la última colina pude escuchar un sonido de agua, ¿acaso será un río que sigue con vida o el océano tratando de despertar? Pese a lo desolado del terreno no estoy segura de que haya partículas tóxicas, como nos han hecho creer todo este tiempo.

Los transportes que llegaban con personas provenientes de desplazamientos aparecían por el norte de la nación, donde se conectan las vías férreas oficiales, pero aquí, hacia el sur, parece no haber habitantes.

Quisiera desprenderme de la máscara de gas de este traje, y comprobar si esta atmosfera contaminada me podría matar en seguida. Estoy segura de que la ciudad es la que desprendía toxicidad. Este lado del planeta sólo presenta naturaleza consumida, ¿qué podría hacerme daño de eso?

Estamos del otro lado de la última colina, pero no veo la estación correspondiente de las vías del tren. Subí porque era más fácil que rodearla, pero ahora ya no sé si he perdido la ruta.

Escucho a Milo ladrar y me acerco para ver qué sucede. Comienza a rascar en un hoyo, pienso que su instinto le indica que es tiempo de realizar sus necesidades y me doy vuelta, pero lanza otro ladrido para que lo vea.

—¿Qué pasa amigo?

La superficie de aquel terreno comienza a brillar. Observo que se trata de las vías del tren, ocultas bajo la tierra.

 —Eres tan listo, Milo.

CAPÍTULO

5

Son las seis de la tarde aproximadamente del día lunes, estoy en una habitación con un ventanal muy amplio con vista hacia el puente de Lisboa.

Así, desde lo alto, observo a las personas transitar; llevan grandes bolsas de colores hechas de manta, dentro de ellas van escondidos sus corazones, guardados de manera magistral.

Prefieren ver hacia otro lado antes que cruzar miradas entre ellos, caminan en todas direcciones sin detenerse a observar el paisaje, parece como si sus pisadas estuvieran programadas, pues no se atreven a dar un paso fuera de la rutina establecida.

A lo lejos, se escuchan los cantos de las gaviotas que surcan el firmamento despejado, identifico una tenue melodía que se desprende de alguna guitarra, quizá uno de los habitantes de esta enorme ciudad decidió tomar su corazón y sacarlo de su empaque para crear su propio camino.

Detengo mi mirada por unos minutos más hacia el poniente donde se encuentra el puente, nunca he cruzado del otro lado del río Tajo, pienso en lo que habrá allá, si será diferente o sólo otra versión de esta ciudad, con los destinos alineados para que nada quede fuera de lugar, para que todos sigan el curso y nadie hable de lo que hay dentro de la bolsa de manta.

Salgo para una caminata por la tarde, el sol por fin se decidió a saludar y a bañar de dorado las espaldas de los viajeros, después de que los días anteriores las nubes guardianas lo ocultaban.

El Océano Atlántico, como siempre, bordea la orilla mientras escucho el exquisito sonido de las olas que visten sus faldas blancas y danzan de un lado a otro entre pequeñas burbujas que desembarcan en la costa de Estoril.

De repente, encuentro un pasaje que no había visto antes en mis incontables caminatas por la costa. Conozco bien el camino, incluso he regresado a casa tras beber muchas copas de vino, pero esta calle no estaba antes aquí.

Consigo atravesar el empedrado callejón, las voces ahora parecen lejanas, aunque sigo a unos cuantos metros del malecón. Todo comienza a ser más estrecho, mis manos se raspan contra los muros de las casas que flanquean.

Un dolor punzante se coloca en mi corazón, una estaca me parte en dos el tronco, mis raíces se rompen, estoy a la deriva, no sé si podré encontrar el camino de salida, pero sigo caminando, no me queda otra opción más que avanzar hacia quién sabe dónde. Sufro cada paso, voy sola y hace frío, sin embargo, tengo que seguir caminando.

Ahora me duele el estómago, un vacío se coloca en el centro del abdomen, me absorbe como si supiera que nada bueno me queda allá afuera, desearía que se terminara, que fuera una pesadilla, pero sé que al despertar me encontraré en el verdadero lugar de tiniebla, de contaminación.

El cansancio me arropa, han pasado horas, sigo caminando sin apartar la vista del angosto pasillo, doy pasos lentos, como un infante que está aprendiendo a levantarse. Finalmente, llego al final, he topado contra otro muro y el aire me falta.

Siento la lengua de Milo sobre mis mejillas, me despierta con apuro; no sé cuánto tiempo he perdido por dormir de más pero me alegra tenerlo cerca, siempre cuidándome en lugar de que yo lo cuide a él.

No hay mucha luz en el exterior de esta estación, pero sabemos que es un nuevo día, la bruma parece concentrarse más hacia el norte, así que seguimos avanzando con rapidez. A cada paso que damos siento que la Maquinaria Suprema nos vigila, que está tramando algo y concentrando a la guardia para capturarnos.

Desde que se llevaron a Ani y Emil prefiero no tener contacto con otros soñadores artesanales. Controlo mis sueños, mi actividad cerebral, y construyo más niveles para camuflar los mundos que pueda conectar mientras duermo.

El sueño de hoy fue particularmente extraño, he tenido ese sueño antes, es mi memoria del viaje de intercambio escolar, pero esta vez había dos sucesos fuera de lo común: el gran ventanal desde donde observaba a los habitantes y a sus corazones, y el pasaje cerca de la costa de Estoril. No son parte de mis memorias, pueden ser nuevos mundos, pero ¿por qué estarían interconectadas mis memorias con aquellas nuevas visiones?

Tantas preguntas me hacen sentir temor, qué tal si es algo nuevo que no logro todavía controlar, de ser así debo continuar alejada para no tener contacto con algún otro soñador artesanal, pues dos encuentros podrían suscitar gran actividad neuronal que sin duda la Maquinaria Suprema detectaría de inmediato. La buena noticia, pienso, es que no ha habido intrusos en los sueños. Sin la chica fallecida no tienen cómo introducirse dentro del laberinto onírico.

Nos refugiamos en una antigua heladería; creo que estamos más cerca de encontrar una costa, lo cual es buena señal pues desde ahí podríamos seguir para llegar a la playa de Apulia.

—Lo sé, amigo —digo acariciando a Milo—, es hora del almuerzo.

No pude rescatar a todas las plantas del huerto vertical. No sé si han irrumpido en la vivienda y destruido todo lo que recolecté durante casi una década. Por fortuna, he traído conmigo todas las semillas, y si en algún punto podemos lograr que todo esto termine, tendremos qué sembrar en el planeta.

Tomo unas nueces, fueron difíciles de cosechar, y unas barras de proteína; para Milo, zanahorias, un tómate, además de un poco de líquido. Él termina en un santiamén y se dispone a su aseo personal.

—Tu rutina nunca falla, mi amigo.

Pienso que debo regresar esta noche al mismo sueño, ver a dónde conduce ese pasillo; estoy segura que la sensación que tuve fue porque en realidad sí me faltaba el aire y Milo me ayudó a despertar. Sin embargo, esta vez tiene que ser diferente, tomaré un poco de oxígeno del tanque para dormir.

Llegamos a una laguna agonizante, busco algún señalamiento sepultado, tal vez un letrero o el nombre de algún edificio que nos dé una idea de en dónde nos encontramos.

En el aire flotan partículas que se desprenden de la poza de agua, no sé qué son; tomo una con mi mano protegida por el traje espacial, parece una pequeña luciérnaga.

Puedo observar que la laguna tiene poca profundidad, parece como si alguien la hubiera drenado, tomando su preciado líquido para dejar morir lentamente a la fauna y flora a su alrededor. No es pequeña, el perímetro que abarca es grande aunque su cuenca no rebasa los diez metros hacia el fondo.

Seguimos derecho hasta que observo a la izquierda una columna que se levanta; no hay nada más en esta zona, por eso destaca, corro y busco entre la tierra alguna señal.

—¡Lo sabía! Aquí esta.

"Universidad de Aveiro". No reconozco el lugar, pero al menos sé que debió ser un lugar precioso, un lugar de conocimiento cerca de una gran laguna. Ahora no queda más que polvo, ruinas y agonía.

Avanzamos un largo trecho hasta que vemos un objeto brillante escondido entre los escombros, Milo me ayuda a moverlos. Encontramos la señalización, por fin algo que reconozco, el anuncio de la estación que visité con mi padre para llegar a la nación de recolectores.

En tren, São Bento está a 76 kilómetros, nos llevará varios días puesto que vamos caminando, pero a partir de ahí no estamos tan lejos de la playa de Apulia. Es como si un rayo de luz esparciera toda la niebla del firmamento.

Tengo de nuevo la esperanza de llegar al lugar del encuentro.

—Me siento más aliviada y contenta. Así es la esperanza, no tiene razón, sólo te invade el corazón.

Milo me ve y mueve su cola, se acomoda para dormir con su cabeza sobre sus patas delanteras. Nos quedamos juntos, abrigados; ahora quisiera saltarme la noche para avanzar, adelantar todo para poder llegar a Apulia.

Estoy de nuevo en el ventanal, a lo lejos está el puente de Lisboa, pero no hay habitantes. Decido salir para la caminata habitual, pero esta vez no llegaré al kiosco de helados, iré directamente al callejón.

Sí, ahí está. ¿A dónde me llevará? Sé que es mi sueño, puedo hacer que pase lo que yo quiera, pero debo concentrarme. Llego a la parte estrecha del camino, vuelvo a tener raspaduras, pero voy determinada a descubrir una salida o una entrada, cualquiera de las dos opciones es buena.

Mi respiración se encuentra bien, mi estómago está en calma, mis articulaciones se sienten fuertes, sin dolor, he llegado a la pared donde me faltó el aire y no encuentro otra dirección para seguir avanzando. Toco los ladrillos con el dedo índice, alguno de ellos tiene que llevarme al lugar que deseo, a esa ciudad de pilares dorados, a la nación suspendida en el aire, a la utopía que no hemos alcanzado.

Una melodía de arpa suena, el ladrillo se inclina hacia el exterior, lo tomó con fuerza para removerlo y una ciudad dorada aparece ante mí. Me adentro en aquel portal, me doy cuenta que la mística ciudad cambia a cada parpadeo: las calles, muros, pilares y puentes suspendidos en el aire rotan a cada instante.

¿Cómo lograré llegar hasta el otro lado? La ciudad sigue en movimiento, las nubes no parecen lejanas de aquella metrópolis, pero yo sí. Me concentro de nuevo, pienso en escalinatas suspendidas que me direccionen hacia el primer callejón que veo.

Uno, dos, tres recuadros flotantes de colores intensos se revelan ante mí, parecen muy livianos, doy el primer paso, sigo caminando y a cada paso vuelve a aparecer otro recuadro para llevarme hasta la ciudad de lienzos dorados con arrebolado firmamento. Cuando logro cruzar me percato de que ese brillante exterior sólo era una ínfima parte de un interior admirable.

Los muros son de un extraño material que refleja el interior de quien lo observa, tonalidades turquesa, de amapolas, de campos de algodón, bordados rosados; cada muro posee su propia esencia y se combina en un maravilloso caleidoscopio que concentra en su centro el motor para mantener elevada esta ciudad.

Puedo controlar los movimientos, voy creando los caminos, exploro cada detalle de aquel lugar, voy jugando, salto entre los recuadros, creo puentes y escaleras para llegar a la cima de los pilares que mantienen unido cada muro. Me siento en lo alto de un pilar, observo a detalle que cada uno posee magníficos repuntes labrados, todas las culturas del mundo grabadas en cada uno de ellos.

Me encuentro en el núcleo del éter, producto de millones de años concentrados en la humanidad, billones de estrellas renacidas y fallecidas, el ciclo infinito de la naturaleza, la concentración de la galaxia misma.

Aquí el silencio no parece abrumador, debo tener compañía, pero no logro ver a otras personas. Bajo del pilar y camino despacio para estar atenta. Cerca del motor que mantiene su elevación encuentro diminutas figuras que resplandecen con iridiscencia, revolotean alrededor de éste y, al sentir mi presencia, vuelan en todas direcciones. Tales figuras son quienes emiten el sonido del arpa que había escuchado al cruzar el callejón.

—Hola… no vengo a hacer daño —digo con una voz casi imperceptible porque estoy nerviosa.

Las figuras pausan su vuelo y no logro identificar de qué material están conformadas ni el color de sus texturas, solamente poseen esa cualidad iridiscente.

—Soy Lían et. Pueden llamarme Lía… estaba soñando y de repente encontré este lugar.

Cientos de murmullos surgen de las resplandecientes figuritas, no identifico en su totalidad lo que dicen, es como si hablaran todos los idiomas o una combinación de ellos. Estoy en el gran salón de todas las lenguas, mi mente ágil logra entender algo.

—Su sueño se ha cruzado con nuestro mundo. ¿Cómo surgió esta intersección? Es una humana, ¿se dan cuenta? También entiendo lo que dicen del otro lado del salón.

—Ella tuvo la capacidad de crear un puente para llegar aquí. Nadie nunca nos había visitado.

—¿Quién es ella? … Sí, preguntémosle quién es.

Se concentran como si se tratara de una diligente parvada de aves y se acercan a unos metros de mí.

—¿Quién eres, Lía?

—Soy Lía.

—¿Quién eres? —exclama alguien con fuerte voz.

—Soy una…

Me cuesta trabajo respirar, tengo que mantener la calma, suspiro y tomo aire, el aire de aquí es tan puro…

—Soy Lía, humana, soñadora artesanal, puedo conectar otros mundos cuando sueño, por eso llegué al suyo —logro exclamar con seguridad.

—¿Alguien más en tu mundo posee dicha cualidad?

—Hay otros soñadores artesanales, sí. Pero no he conocido a nadie que pueda conectar mundos.

—¿Qué mundos has visitado?

—La vida secreta de las plantas y el suyo… Ahm, también abrí un puente sobre la playa de Apulia, allá en la Tierra.

—¿Abriste un puente? —preguntan a una sola voz.

—No sé si nos trasladará a un plano de mi realidad. Lo hice mientras soñaba. Ahora me dirijo hacia allá, pero los IA nos persiguen.

Una figurita se acerca a mi rostro, es más alta y delgada que las demás, la luz que refleja es turquesa.

—Oh, pequeña —me dice con ternura—, veo que hay muchas dudas en tu mente sobre cómo llegar a Apulia. Pero también veo certeza en tus sentimientos. Dinos qué es lo que más te aflige y podremos ayudarte a despejar tu duda.

—¿De verdad pueden ayudarme?

—Somos el éter, hemos concentrado todas las lenguas, la historia, las culturas y la esencia de la naturaleza. Nuestros mundos están interconectados, de alguna forma eres parte de nosotros y nosotros somos parte de la humanidad. Estamos seguros que podremos ayudarte.

—Quiero saber si el puente de Apulia funciona para que otros soñadores artesanales puedan cruzar.

—Esa duda, mi niña, no es del exterior, proviene de tu interior. ¿Dudas de ti?

—Dudé muchas veces, pero ya no. No quiero dudar.

—Entonces sabes la respuesta.

—¿Y si nadie llega…? ¿si ningún soñador artesanal acude al llamado?

—Ésa es una respuesta que sí podemos darte. La humanidad posee una esencia de gran rareza, como ninguna en el universo. A veces es fría, pero otras tantas, cuando en su interior se concentra un mismo objetivo, puede producir resultados magníficos.

—¿Los soñadores artesanales tienen propósito? —pregunta otra figura más pequeña.

—Sí, queremos recolectar todas las especies que podamos para revivir a nuestro planeta, volver a sembrar y cuidarlo.

—Ése es un propósito delicado, Lía, pero hemos visto tu interior y confiamos en que lo van a lograr.

—¿Entonces sí encontraré a los demás?

—Es momento de partir, Líanet, soñadora artesanal. Encuentra a los tuyos para que con bondad logren revivir a su planeta.

—¿Qué hay de los IA?

—En su momento sabrán cómo combatirlos.

Suspiro y, aunque estoy impaciente, sé que queda un largo trayecto por recorrer. Agradezco que me hayan escuchado y me hayan mostrado su hogar que resultó ser más deslumbrante en el interior.

—Buen viaje, Lía.

—¡Hasta pronto!

Voy de regreso al callejón, lo atravieso de prisa y veo que ha oscurecido, el mar en calma duerme con su manto negro, algunos luceros lo acompañan, nunca había pasado un día completo dentro de un sueño, es tiempo de despertar.

—Vamos, amigo; hay que prepararnos para viajar.

Nos alimentamos, Milo come un poco de fiambre, yo decido comer las uvas que he guardado con extrema precaución, ya que es reconocido que éstas ayudan al buen funcionamiento de los pulmones.

¿Cuánto más resistirá mi coraza en este mundo exterior?

Decido no tener más dudas, estoy determinada a llegar cuanto antes a Apulia, así que nos alistamos. Después de unas horas, el firmamento continúa con neblina, la temperatura es elevada, pero no podemos tomar un descanso, llevamos un ritmo que prefiero mantener hasta divisar la antigua estación que visité con mi padre.

Milo comienza a jadear, el canino no está protegido de la pesada atmósfera que respira, será mejor detenernos un momento, pero no encuentro alguna edificación en ruinas donde podamos guarecernos.

—Milo, ¿por qué ladras, qué observas?

Corre con lo que le queda de fuerzas y yo lo sigo exhausta.

Mi amigo ha hallado las ruinas de la entrada lateral a la estación, no puedo creer que siga intacta una parte de ella, con sus retablos de azulejo y el tablero de los horarios en medio del andén principal.

—Aquí podemos descansar amigo, lo has hecho muy bien.

Ofrezco a Milo elegir la comida para la cena de ese día. No sé cuál sea la composición de los pulmones caninos, y no sé cuánto más puedan adaptarse a este viaje por diferentes atmósferas.

Cada vez que llegamos a un nuevo entorno, el aire adquiere una particular atmósfera. En la laguna agonizante se respiraba diferente que en las planicies áridas o que en esta ciudad. Pienso si en Apulia será más seguro respirar.

Lo descubriremos al llegar, de momento quiero recorrer la estación. Ya no me duele recordar aquel día en que perdí a mi padre.

Las máquinas que imprimían los pasajes están destruidas, las ventanillas que expedían información están cerradas; contemplo los azulejos y uno llama mi atención. Su dibujo muestra a dos toros comiendo pastura, y a un hombre que parece haber arado el campo y ahora descansa recostado sobre su carreta.

A mi regreso encuentro a Milo durmiendo, prefiero no despertarlo. Debo descansar también hasta mañana para salir de madrugada y emprender el camino. Tendremos que atravesar una ciudad de empinadas calles.

CAPÍTULO

6

Las notas que se desprenden del tocadiscos son de los años cincuenta, de la post guerra mundial. La casa campestre a orillas de la ciudad es su hogar, en una ciudad de Centroamérica. El viento juega con la hierba que parece brillante y lejana desde el pórtico. Ahí vivo con mi mamá. La veo cocinar, lavar y limpiar otras casas, así obtiene dinero suficiente para los tratamientos. Hoy de nuevo me quedo observando el brazo diminuto que se desprende de mi hombro derecho, mis piernas no tienen el mismo largo y mis pies tienen forma dispar, no logro caminar derecha. Quisiera levantarme, correr hacia donde se encuentra mi mamá y rodearla con mis manos para agradecerle todo lo que ha hecho por mí.

Aunque he aprendido a hablar, prefiero no hacerlo. Mi mente no descansa, pero tengo miedo de que los demás escuchen lo que pienso.

Es el domingo antes de comenzar la escuela secundaria en el centro de la ciudad, es un camino largo hasta allá, pero mi mamá tiene todo planeado para que no pierda otro año.

Imagino cómo serán las clases, qué aprenderé y de qué forma me observarán las maestras, maestros y estudiantes. Aunque eso me atormenta, logro dormir profundamente, como lo he sabido hacer desde mi nacimiento.

Mi madre solía pensar que no sobreviviría ni los primeros seis meses. En ocasiones se preocupaba al verme dormir pensando que no volvería a abrir los ojos. Después, en mi infancia, las noches fueron espléndidas para mí, pues durmiendo no sentía dolor en las articulaciones y podía correr todo lo que quería.

Algunas noches me pareció que dormía mucho porque vivía otras vidas y en otros mundos donde me era posible caminar, vivir en una ciudad reluciente, cercana a museos antiguos y calles empedradas, sin pobreza.

Me despierto a las seis de la madrugada y mi madre entra a la habitación para ayudarme a vestir. Ella misma ha dado costura al uniforme escolar, puesto que no podemos acceder a ese gasto.

El trato con Don Hinojosa, nuestro vecino, fue que mamá plancharía sus tandas de ropa a cambio de que él me llevara junto con su hija en la carreta movida por el burrito que he nombrado en silencio como Hini.

Hini es un ejemplar de tamaño mediano, su pelambre es color negro, azabache, pero sus ojos son como la deliciosa miel que podemos disfrutar en vísperas de la primavera, cuando mamá va a la casa de los Sánchez.

La hija de Don Hinojosa no me habla, ni siquiera se atreve a mirarme, empiezo a sentirme triste de que mi mamá no me acompañe a la escuela, pero ella se ha ido de prisa a otras casas para preparar el desayuno y realizar el quehacer matutino.

Prefiero centrarme en las colinas verdes que logramos atravesar gracias a Hini, quien rebuzna alegre de poder dar el trote.

—Cómo quisiera poder caminar como este burrito —exclamo en voz alta, sin darme cuenta que los demás me escuchan.

Don Hinojosa me lanza una mirada de asombro y al ver mi cara sonrojada dice:

—Qué cosas tan simpáticas dices. Vas a ver que pronto caminarás. Por ahora vas en tu silla y eso ya es un avance —concluye sonriendo con ingenuidad.

Sé muy bien que no lograré caminar, al menos no sin ayuda de algunas herramientas, como esta silla de ruedas que los médicos instalaron para mí hace unos años.

Al llegar al colegio observo un enorme edificio con ventanales custodiados por barrotes, como si así impidieran que nos escapáramos de aquel lugar. Don Hinojosa me ayuda a bajar y me sienta en mi transporte personal, yo puedo moverlo sola, pero le dice a su hija que me ayude en todo momento, pues de eso se trata la convivencia entre vecinos.

Ella se aleja de prisa mientras de reojo me ve con repulsión.

Comienzo a sentir un cosquilleo en mi estómago y le pido a Don Hinojosa que me lleve de regreso.

—Epa, cómo crees, ¿qué dirá tu mamá si te ve regresando derrotada?

—Tiene usted razón, nunca sabré qué pasará si me voy —le digo.

—Qué lista, vaya y descúbralo.

Don Hinojosa es una persona amable. Me despido de Hini y llevo mi cuerpo amorfo por el patio hacia la entrada de la escuela, donde una profesora pregunta mi nombre y me dice que me estaba esperando.

Si hubiera un título de organizadora de la ciudad, estoy segura que mi madre ganaría, no hay nadie como ella para planear los días. Se ha asegurado hasta del mínimo detalle para que pueda aprender en este colegio. La maestra me acompaña hasta mi salón de clases 1D y me indica cuál será mi lugar, un pequeño pupitre donde no hay silla.

—¿Usted será mi profesora? —pregunto, pero sólo recibo una mirada de desprecio.

Una señorita alta y de cabello recogido entra al salón mientras todos corren a sus lugares para acomodarse, al presentarse indica que será nuestra profesora y comienza a explicar la clase de historia contemporánea.

Mientras tomo notas siento una mirada insistente, así que miro a mi compañero de al lado, un chico muy alto que me observa como si fuera un juguete de exhibición. A pesar de que me incomoda continúo escuchando la clase. Al medio día, cuando suena la campana, todos salen corriendo al patio de recreo para comer sus almuerzos y platicar. Me quedo sola en el aula y la profesora se acerca a mí para darme la bienvenida y decirme que está para apoyarme en cualquier situación.

Encuentro su gesto sincero y cordial, así que le agradezco por no mirarme con disgusto.

—Nadie debe observarte de esa manera, tú eres una estudiante de la clase y mereces respeto como tus demás compañeros, yo me aseguraré de eso —dice con una sonrisa.

Le digo a mi mamá que la profesora me entregó una hoja; ella se preocupa un poco al no saber el motivo.

—¡Has logrado el máximo puntaje en el examen de historia! —exclama alegre y me abraza porque sabe que ha tomado la mejor decisión al enviarme a la escuela.

A pesar de que recibo comentarios de cuán desagradable soy, las clases me gustan porque, cuando escribo, puedo expresar lo que pienso sin temor a que los demás me escuchen.

Han pasado cinco meses y no he podido platicar con nadie como me gustaría, pero al menos ya vienen las vacaciones y se realizará un convivio navideño.

—Mamá, quiero seguir estudiando hasta la universidad, podría ser médica para curar tus heridas por las quemaduras del sol —le digo.

En el frío de diciembre he logrado conversar más con mi madre, ella es divertida y nos reímos juntas por nuestras ocurrencias, además, de camino a la escuela, Don Hinojosa y yo platicamos aunque a su hija le moleste mi voz. Hini también es un buen conversador que rebuzna cuando algo le agrada, como las manzanas que le comparto.

—Confeccionó este vestido rosa pastel porque dice que de bebé tenía una chambrita de este color, pero en una visita al hospital la robaron por ser una prenda tan bonita, así que ahora hizo esto para mí —le voy contando a Don Hinojosa mientras su hija estornuda por las flores que le han colocado en la cabeza.

—Tu mamá es una modista excelente, para mi señora esposa también logró confeccionar un vestido el día de su cumpleaños.

Llegamos a la escuela a las tres de la tarde, el penúltimo día antes de que acaben las clases y nos entreguen las calificaciones.

En el salón adornado todos conversan, comen bocadillos y toman refresco mientras estoy sentada al fondo en mi silla, pensando en cómo ha transcurrido un semestre de secundaria.

La profesora se acerca a mí para felicitarme por mis calificaciones. He alcanzado notas perfectas en todas las materias y ella piensa que soy una niña dotada.

—¿Cómo puede estar pasando eso? —pregunto de manera sarcástica.

—No todos los estudiantes son tan hábiles en todas las materias, pero tú sí.

—Pero, obsérveme, mi cuerpo es imperfecto, no puedo moverme sin ayuda de esta silla de ruedas.

—Todos los cuerpos son imperfectos, quizá tu condición es más difícil que la de cualquiera, pero tu mente es brillante.

Al tomar mi mano, me dice que quiere recomendarme para una escuela de alto nivel académico en la capital.

Esa noche en especial mis articulaciones duelen muchísimo, pero la maestra me ha alentado a continuar con mis estudios y creer en mí. Quizá sí pueda llegar a estudiar medicina para ayudar a mi mamá.

Duermo tan plácidamente como no lo había hecho en días. Me cuesta trabajo despertar de aquellas realidades donde soy bailarina, recolectora, viajera. Mi mamá cada vez me ayuda menos a vestirme porque logro hacerlo por mí misma y más rápido.

Es el último día de clases y en mi cesta de almuerzo mamá ha colocado unas fresas para que las comparta con mis amigos. En la carreta le convido a Don Hinojosa, a su hija y a Hini.

Las dinámicas del último día de clases no me agradan tanto porque todos tienen que hacer mucho movimiento, caminar, saltar o bailar, estirar los brazos y platicar, pero la maestra hace todo el intento por incluirme a pesar de la aversión de mis compañeros.

A la hora del receso la maestra me dice que tiene que hablar con la directora sobre mis estudios en la capital, así que sale apresurada hacia su oficina.

Sonrío ligeramente e imagino cómo será la capital, pero sobre todo, cómo será la universidad. En ese cavilar, de repente siento un jalón en mi hombro derecho. Es el niño alto que me ve de forma extraña.

—Escuché que eres muy inteligente, que te crees mejor que todos nosotros —dice mientras veo que otros ingresan al salón para ser parte del espectáculo.

—Creo que todos somos diferentes, pero nadie es mejor que nadie —digo con un poco de miedo.

Él parece no escuchar, pero no deja de observarme. En un parpadeo me toma de la cintura y me alza de la silla, soy como un dibujito ligero que no pone resistencia mientras los demás gritan.

Me sacude fuerte y me golpea en el estómago. Yo lloro y alzó la voz para pedir ayuda. La hija de Don Hinojosa escucha mi grito y corre para buscar a la directora.

El niño alto me carga y lleva al pasillo donde están los casilleros para introducirme dentro de uno y cerrarlo, justo cuando llegan las profesoras y otros maestros para ayudarme.

La hija de Don Hinojosa me pregunta cómo estoy y me abraza, mientras llora conmigo. A pesar del dolor, siento su empatía y recuerdo las fresas, las bromas y las flores que compartimos en la carreta.

—Lamento mucho haberte dejado sola en el salón —llora la profesora.

Llaman a mi mamá mientras vamos camino al médico local. Allá me curan y puedo respirar con tranquilidad nuevamente. Cuando veo entrar a mi mamá y me abraza le digo que estoy bien porque no quiero preocuparla.

Pasan tres meses de recuperación y cuando regreso al colegio mi mamá me acompaña. Pienso que sigue muy tensa por lo ocurrido y por eso ha tomado esa decisión, pero cuando llegamos, la directora y la profesora nos reciben con gusto, aunque no entiendo bien qué es lo que sucede.

—La universidad de Finlandia ha decidido ingresar tu solicitud para estudiar. Eres una alumna destacada y quieren que vayas con ellos —dice la directora.

Me felicitan por la noticia y me entregan los papeles que la escuela tenía en su poder. Estoy emocionada, pero antes de irme quisiera saber qué ha pasado con el estudiante alto.

—Él y su familia fueron penalizados, así que han decidido mudarse —dice la directora.

—Temo por otras niñas y niños que se encuentren en su camino —respondo.

Estoy frente al Golfo de Botnia al oeste de la capital finlandesa; el aire frío congela mis mejillas, el atardecer anaranjado parece no terminar nunca, disfruto de las nubes y el agua cristalina cercana a la orilla que choca contra las rocas. Un parpadeo me hizo recodar aquel sufrimiento cuando tenía trece años.

Me sostengo con las muletas de cuatro puntos que me ayudan a mantenerme en pie. Mamá y yo hemos viajado a este lugar para las vacaciones, en agosto retornaremos para continuar mis cátedras de inclusión e igualdad social en la universidad de Helsinki.

Durante este suspiro largo parece como si los recuerdos fueran tan sólo momentos del día de ayer en donde vivíamos en una pequeña casita de lámina, con el anafre encendido, con mi madre lavando ropa y respirando químicos.

Ahora lidera el consejo comunitario de madres de familia con hijas e hijos con discapacidad. Cada vez más personas se acercan para escuchar su experiencia a lo largo de los años, pero sobre todo, para introducir algunos métodos de crianza y lograr que sus retoños sean brillantes.

¿Es eso posible? No sé cómo ser brillante, me digo a mí misma. Lo único que he sabido es no darme por vencida por las personas que creen en mí. Sé que en mi país siguen sufriendo niñas y niños que cuentan con capacidades diferentes, como la mía. A través de las cátedras he estado colaborando con otros colegas en un proyecto internacional para poder llegar a aquellos que no tienen ayuda.

Es tiempo de volver a las cabañas, así que con torpeza me alejo de la playa, me detengo a observar el gran contenedor de residuos que han colocado, pero no lo reconozco, parece ser de otro material, uno que no había visto antes. La curiosidad me lleva a mirarlo de cerca, veo las siglas N.K. grabadas en la superficie, el artefacto despide un olor rancio, todo se nubla.

Me he quedado dormida de nuevo cerca de la ventana donde se filtra la espesa niebla en otra estación abandonada de tren. No sé cuánto más falta para llegar a la playa de Apulia. Me quité la máscara de gas por un momento para dormir, pero el hedor de la contaminación alcanza el lugar donde me encuentro.

Escucho el motor de una aeronave que cruza por encima emitiendo noticias de las ciudades más cercanas. Hablan de los residuos, ¿podrán realmente contener los desperdicios generados durante 40 años? Tanto los de la superficie como aquellos que provienen del espacio exterior desprenden radiaciones nocivas para el cuerpo humano.

Con esa sensación de agotamiento me he quedado dormida, el cansancio es mayor aquí afuera. En aquella visión de los años cincuenta, la doctora en inclusión y equidad social vivía en Helsinki. ¿Por qué soñar con uno de los primeros países del norte que desapareció tras las tormentas de nieve y congelamiento?

Todo está seco allá, es lo que comentaban en los paneles de noticias que transmitían cada noche a nuestra pupila por el chip instalado debajo de nuestra piel. Quisiera arrancarlo, pero el sangrado sería difícil de controlar.

Aunque lo he apagado no dudo que la Maquinaria Suprema me siga rastreando, tengo que moverme.

Me encuentro en un estado desolado al reflexionar sobre el mundo que estamos dejando.

Supongo que no queda mucho tiempo antes de quedarme dormida y no despertar, pronto necesitaré otro tanque de oxígeno para respirar mejor, pero no podré adquirirlo, así que estoy lista para dormir profundamente, sumergirme en esos sueños donde hay tristeza, pero aún no la destrucción del planeta.

Desde hace muchas noches no he encontrado a Leo en el laberinto onírico, pienso en cómo estará, si acaso ha dejado de respirar o tal vez fue enviado a otra VeCos para solucionar problemas que se escapan de nuestras manos.

El contenedor que la doctora observó en la playa de Botnia, era de Noel Kums, sus iniciales estaban grabadas, pero qué hacía un artefacto de esta época en un sueño de un mundo pasado, uno del que sólo sé por la historia universal y no por historias de abuelos, de sabios.

¿Será que he logrado conectar a otro mundo y enviar alguna señal para cambiar el curso del futuro?

—Amigo, tenemos que seguir avanzando —digo a Milo para despertarlo.

¿Habrá algún evento clave para este asunto, para esta línea de tiempo que nos condujo al preciso instante en que me encuentro? Necesito platicarlo con los demás, tengo que llegar al puente de Apulia.

Quiero creer que hay más soñadores artesanales, que no estoy sola, que Leo ha llegado con otros, que podremos revivir el planeta.

En la noche cae mi esperanza y me inunda la certeza de que ya no quedan muchas lunas por observar; esto está por terminar, respiro con dificultad, no sé a cuántos kilómetros me encuentro de encontrar a alguno de nosotros. Me gustaría pensar que alguien recibió mi mensaje en el laberinto onírico y que viajará por esa ensoñación para mandar señales a otros soñadores artesanales, a sus conexiones. Juntos podríamos detener a la Maquinaria Suprema.

Ya son más de dos aeronaves con emisiones noticiosas en mi perímetro, las IA deben estar muy cerca, pero de haber detectado mi onda de calor estoy segura que ya me habrían disparado.

Dudo si quedarme dormida, así que sólo cierro los ojos por unos momentos, tomo siestas de una hora y despierto para seguir alerta.

La bruma matutina tiene un encanto mágico, a las cinco de la mañana parece menos contaminada, el silencio espectral, la vaga noción de saber dónde estoy, el titilar de una estrella de Orión, todo forma una singular composición.

En esta dirección parece que el viento sopla más fuerte, el pelaje corto de Milo se mueve, quisiera quitarme la máscara de gas y sentir la brisa, pero sería suicida.

Saco un pañuelo de mi mochila, lo veo danzar mientras caminamos. A lo lejos logro divisar un paisaje familiar, detrás de esa elevación de terreno debería estar el conjunto habitacional, ¡por fin hemos llegado a la playa de Apulia!

Bajamos esa inclinación y corremos entre los edificios, los condominios abandonados tienen vista a la playa.

Debemos encontrar la salida.

—¡Alto ahí! Identifícate junto con tu canino.

Una voz grave nos hace detenernos, no suena como la robótica entonación de los IA, sin embargo tampoco es amistosa, un láser apunta a mi cabeza y a la de Milo. No queda otra opción más que hacer lo que nos pide.

—Mi nombre es Líanet. Éste es mi amigo Milo —digo de manera desconfiada.

—¿Por qué estás aquí? ¿Cómo llegaste?

Me canso de las preguntas, camino hacia el lugar de donde proviene la voz.

—No te acerques o disparamos —grita la voz ansiosa.

Hay más de uno, armados, en grupos bien organizados, todos apuntan a nuestra frente. ¿Quiénes son ellos? ¿Por qué están en Apulia? No encuentro otra razón más que "el llamado".

—¿Cruzaron el puente hacia Apulia? —los interrogo.

Una mujer alta sale de entre los escombros de los condominios, se quita la máscara de gas y les pide a los demás que bajen sus armas.

—¿Eres quien abrió el puente?

—Sí, soy yo.

—Me llamo Elektra. Cruzamos desde la nación VeCos del oriente. Hubo una revuelta muy grande, los IA nos perseguían y nos defendimos, tomamos sus armas.
Al escuchar sus palabras me congelo.
—Uno de los líderes nos habló del puente de Apulia.
—¿Quién? —le pido que me diga.
—Fui yo —dice una figura mientras se acerca.
—¿Confirmas que es por quien hemos esperado? —le pregunta la mujer.
—Sí, lo confirmo.
Leo me abraza.

CAPÍTULO 7

Un manto grisáceo cubre la superficie del mar, las olas no intentan luchar, no se inmutan, dejan que aquel abrigo se apodere de lo que una vez fue la gigante poza azulada.

Caminamos por la orilla, a donde sólo llegan los hilos tristes de agua contaminada que cuentan las desventuras de los marinos.

Bajo el muelle fantasmal las almas de los navegantes cansados se acercan para escuchar un nuevo plan, quizá, esta vez pueda funcionar. Ecos resuenan a la deriva, como si la ciudad misma siguiera habitada, con sus plazas cargadas de risas, la arena caliente que revitaliza un juego de voleibol y el tintinar del carro del heladero para refrescar a los vacacionistas.

Qué daría por regresar a ese tiempo y no encontrarme en esta afonía constante cada que llego a otro lugar. Algunos se han colocado en puntos estratégicos, en caso de que algún invasor aparezca. Los IA no suelen ser sigilosos, así que los escucharíamos de inmediato.

Nos guarecemos debajo del muelle, observo cómo Milo se echa sobre la rocosa superficie, temo por la salud de mi amigo, no sé cuánto tiempo pueda sobrevivir a la atmosfera contaminada.

—Estará bien mientras sigamos en este perímetro, todos lo estaremos —dice Elektra.

—¿A qué te refieres?

—Descubrimos que al abrir ese puente lograste colocar un campo de fuerza, por eso la atmosfera aquí es respirable.

Estaba tan absorta en la contemplación de la playa, los edificios y las memorias que no noté cómo todos habían removido su máscara de gas, incluso Leo; su respiración era normal, no había nada que lo dañara.

—¡No lo puedo creer! —exclamo.

—Tienes más poder de lo que imaginas —dice Elektra mientras ve a Leo y sonríen.

—Gracias… —digo un poco extrañada.

—Ahora los dejaremos para que puedan hablar a solas.

Me siento nerviosa, como si fuera la primera vez que me encuentro con Leo. Ha pasado bastante tiempo desde que nos vimos en este plano y no en el del laberinto onírico.

Tengo tan grabada su sonrisa que quisiera decirle algo en este momento que lo hiciera sonreír, pero ¿qué podría decirle que lo hiciera olvidar la situación en la que nos encontramos? Somos fugitivos y con miles de robóticos personajes dispuestos a asesinarnos si no lo hace antes la contaminación.

No he dicho nada, pero él está sonriendo y eso hace que me ponga aún más nerviosa, como una adolescente que ha olvidado que el futuro del planeta está en juego.

—¿Cómo cruzaste el puente? —le pregunto en mi intento de enfocarme en el meollo que vivimos—. ¿Sabes? Ellos han capturado a Emil y Ani.

—Lo temía. Estaba preocupado por ustedes, pero trataba de creer que habían logrado salir los tres de la nación.

—Dime qué fue lo que pasó en la VeCos.

—Al siguiente día de saber de Apulia, empecé a contactar a muchos soñadores artesanales. Estaban escondidos en la gran nación vertedera. Al saber de la persona con el poder para crear puentes interdimensionales, nos reunimos y formamos este frente de resistencia. Pero la Maquinaria Suprema nos descubrió, envío a los IA y empezó la batalla. Acabamos con unos cuantos, tomamos sus armas, derribamos un abastecimiento y trajimos todo acá.

—Es terrible, no quería causar una guerra, pero ya no podemos volver atrás, debemos concluir esto.

—Sé que van a venir, hay que estar preparados —exclama Leo.

—Conocí otro mundo, el del éter. Me dijeron que en su momento sabríamos cómo defendernos.

—Lía, eso es maravilloso; tu poder está creciendo.

—Confío en que seré capaz. Estoy lista.

Nos olvidamos de la bruma acercándose fuera del campo de protección, nos dejamos llevar por el brillo en nuestra mirada, en las pulsaciones que emite el corazón. La voz de Elektra interrumpe el momento.

—Lo siento, chicos. Tenemos que armar el plan, Lía tiene que tomar un arma.

—No, no la necesito.

—Escucha, los IA te van a volar el cerebro, no van a dudarlo —afirma Elektra.

—Sé cómo protegerme, no necesito el arma —le digo con seguridad.

—Oye, Lía sabe lo que hace —interviene Leo.

—Como quieran, tú eres el líder de la fracción III. Debes ir con tu equipo y prepararse.

Estoy confundida respecto a cómo están sucediendo las cosas. Antes del largo viaje a pie con Milo, los soñadores artesanales sólo éramos recolectores, no éramos guerreros, pero estamos siendo cazados. Tengo que entender eso aunque deteste la idea de una guerra.

—Lía, aquí todos somos equipo, te admiro en verdad, pero tienes que comprender que nos está alcanzando la batalla. Cuando cruzamos, la Maquinaria Suprema no nos siguió porque está creando un ejército más grande.

—Lo sé, Elektra, lo supe cuando no me siguieron los IA al dejar el domo en la nación de recolectores. Pero ustedes llevan días aquí preparándose, yo acabo de llegar y creo que sigo procesando toda esa información.

—Leo me contó de ustedes. Me da gusto saber que algunos vínculos siguen siendo posibles ante la inminente catástrofe.

—Gracias, es lo único que nos queda, salvar esos vínculos.

Elektra es una mujer fuerte, decidida a exterminar a los IA. Ella y su equipo han apagado su chip, algunos comenzaron a removerlo, pero no contamos con los utensilios quirúrgicos suficientes para llevar acabo tal procedimiento en todos.

Los líderes de cada fracción se reúnen y me invitan para trazar el plan contra los IA.

—¿Qué pasará si no tenemos éxito? —plantea Elektra.

—Lía, ¿eres capaz de abrir un puente de aquí a otra parte? —pregunta la líder de la fracción II.

—La curva cuántica fue creada mientras soñaba, nunca lo he intentado despierta, tendría que hacer la prueba.

—Hazla —me dice el líder de la fracción I.

—Debemos darle tiempo a que descanse y luego lo intente —comenta Leo.

—Estaré bien, Leo. Quiero intentarlo —exclamo para todos.

Los soñadores artesanales se juntan para presenciar el acto. Es muy abrumador que todos tengan la mirada fija en mí, pero sé lo que debo hacer. Me concentro, mi respiración se encuentra nivelada, mi mente en equilibrio, cierro los ojos.

Unas minúsculas chispas aparecen en el horizonte sobre el silencioso mar, unos segundos después el cúmulo de energía comienza a ser visible, siento la presencia del portal, el estallido de los truenos sorprende a los demás.

—¿La habías visto abrir el portal? —preguntan a Leo desconcertados.

Estoy viendo a través del puente, hay un fuerte, es la ciudad amurallada que me enseñó Leo, pero ahora no existen las delicias caribeñas que conocí en sus memorias; en cambio, está completamente inundada, el cielo es negro, unas partículas de extraña procedencia flotan alrededor.

Decido que es mejor cerrar el portal, ya me cuesta trabajo respirar. Leo corre en mi ayuda antes de que me desvanezca en la arcilla de la superficie.

Qué extraño. Despierto en lo que pareciera haber sido una casa, solo recuerdo que me encontraba en la playa para abrir el portal y luego no sé cómo he llegado hasta esta cama, ni siquiera recuerdo el sueño anterior, eso nunca me había fallado.

—Hola.

—¡Leo! ¿Qué fue lo que sucedió?

—Te desmayaste después de intentar abrir el puente. ¿Te encuentras mejor?

Un suspiro hondo.

—Estoy mejor, gracias por cuidarme —le digo mientras tomo su mano.

—Creemos que pronto va a anochecer, no tiene caso salir más. Duerman bien —dice Elektra al pasar por el pasillo y detenerse en la puerta de la habitación.

—Lía… me preocupé mucho.

—No tienes porqué, Leo. Estaba agotada, pero ya me encuentro bien.

Él acaricia mi rostro y me pierdo en la ternura de su mirada.

—¿Qué piensas?

—Estaba ansioso por verte llegar, sabía que tenías que estar aquí, y ahora que estamos juntos no quiero que nada malo te pase, no quiero perderte.

—No hay nada que temer, nada malo nos podrá pasar si estamos juntos.

—Es demasiada responsabilidad, era más fácil cuando solo éramos tú y yo.

—Te entiendo, Leo, quizá nuestra forma de solucionar esto no es la misma que ellos tienen en mente. Quisiera que Ani y Emil estuvieran aquí.

—Los vamos a encontrar, tenemos que ganar esta batalla.

—Pienso que ellos ya no están en este mundo, pero estoy segura que los volveremos a ver.

—Así será.

—Leo, cuando abrí el puente vi la ciudad amurallada, estaba más contaminada que Apulia. Aunque pueda abrir otro portal ¿a dónde iremos? Nuestro planeta agoniza.

Leo me entiende, sabe que irremediablemente hay un final sea cual sea el camino que tomemos: ganar y morir, o pelear, pero perder y morir. La muerte es inminente, cada vez más familiar. No le temo, se ha convertido en una especie de compañera desde que dejé atrás la nación de recolectores.

—¿Dónde está Milo?

—Campeón, ven, ya puedes pasar —lo llama Leo.

Veo sus pupilas demasiado rojas, su nariz seca, pero mueve su cola emocionado de verme.

—Tienes razón, tal vez nuestro plan inicial ha cambiado.

Si después de la batalla no podemos seguir recolectando para revivir al planeta, al menos sé que lo habremos intentado.

—Y eso me hace sentir en un estado de paz, a pesar de lo atroz de la situación.

—Es como si todo hubiera sido un mismo sueño y ahora acabo de despertar para encontrarte a mi lado.

Conversamos por minutos que parecen eternos, como si no existieran los IA ni la contaminación. Nos dejamos llevar por ese estado de paz, de cercanía y complicidad, fluimos igual, nuestras pulsaciones se sincronizan y aparecen las risas. Dormimos, nuestros sueños se conectan una vez más.

Los ladridos de Milo nos despiertan. Leo lo acaricia y le abre la puerta, el canino sale corriendo para hacer sus necesidades, no sabemos la hora, pero afuera se ve bastante iluminado; así que nos alistamos y dejamos el edificio.

Afuera todos se encuentran en sus posiciones de vigilancia, Elektra entrena con un grupo de soñadores artesanales.

—No los quise despertar, pero ya que están afuera, es tiempo de entrenar.

—Ah, Elektra, debemos hablar de lo que pasó ayer —me apresuro a decirle.

—Entonces, aunque pudieras mantener abierto el portal ¿no tenemos a dónde ir?

—El planeta está colapsando. No tenemos opción más que pelear, aunque no todos sobreviviremos.

—O debemos buscar un lugar que no esté tan contaminado.

Elektra llama a los líderes de las fracciones para una junta; necesita saber su opinión y tomar una decisión.

—Has conocido otros mundos, porque no sólo nos llevas a uno donde no haya guerra ni contaminación —me dice el líder de la fracción I.

—Sí, tal vez aquí ya no nos queda nada, pero podemos ir a otro mundo.

—¡No! No llevaré la guerra ni la contaminación a otros mundos, ellos no lo merecen, ésta es nuestra realidad.

Todos están en mi contra y Leo trata de hacerlos entender.

—Comprendan, comenzó aquí y debe terminar aquí.

—Ir a otro mundo sería invadirlo porque no pudimos cuidar el nuestro —les digo.

—Podemos llegar a un tratado de paz, que nos brinden refugio temporal.

Los observo discutir y en medio de esos desacuerdos, de manera inesperada, recuerdo un elemento que no hemos puesto a debate.

—¿Conocen la noche de las lunas?

Todos me dirigen una mirada extraña.

—Claro que sí, eso que tiene que ver —dice la líder de la fracción II.

—Podemos capturar las aeronaves y llegar a la luna, a la colonia donde nos han dicho que es posible una vida mejor.

—Estás loca —me dice Elektra—. Una aeronave no llegará, tendríamos que destruir a todo el ejército e ir por la Maquinaria Suprema para dejar el planeta.

—Sí, eso tenemos que hacer —dice Leo.

Todos se quedan boquiabiertos, piensan que es suicida, pero después de un rato opinan que para eso nos hemos reunido, para el paso final de los soñadores artesanales: vivir o morir, pero jamás rendirse.

Cada paso que dimos nos condujo hasta acá, sin embargo, hemos de volver al lugar del que huimos, del que detestamos por tantos años. Nunca nos dimos cuenta que justo ahí teníamos la respuesta para sacar de raíz todo lo podrido: apagar la Maquinaria Suprema, dejar de ser cascarones y convertirnos en humanos.

—¿Estamos todos de acuerdo? —pregunta Elektra.

—Sí —dicen todas las fracciones.

Elektra decide socializar el tema con el resto de los soñadores artesanales. Ella es una digna representante de nuestro grupo, me siento con la energía suficiente para combatir todo lo que encontremos en la gran VeCos del oriente. Serán miles de kilómetros hasta llegar.

De vuelta a las máscaras de gas. Todos se colocan sus trajes y alistan sus equipos. Milo ha descansado y lo acaricio, le cuento el plan, seguiremos juntos hasta el final. Sigo preocupada por su estado de salud, es el único canino entre nosotros, los demás lo admiran y también le dan cariño. Yo le debo la vida a mi amigo y cuidaré cada paso que dé.

Al conversar con integrantes de las fracciones descubro que algunos también han traído consigo las semillas y frutos que pudieron rescatar. Me emociona conocer sus anécdotas y saber que nunca estuve sola, las y los recolectores están dispuestos a cuidar de otras formas de vida. Siento de nuevo esperanza y recuerdo que al sur también existen soñadores artesanales.

Pienso que ellos no han podido cruzar porque el puente no tiene tal alcance, pero quizá desde la VeCos seré capaz de abrir un puente aún más grande para que crucen y todos podamos ir a la colonia lunar.

—¿Estás lista? —pregunta Leo y me besa.

—Sí, Milo y yo estamos preparados.

Salimos del cuarto y bajamos por los escalones que siguen en pie para salir del edificio en ruinas. En la plaza central de aquellos condominios nos reunimos para pasar lista y empezar la marcha hacia la VeCos. Ahora pertenezco a la fracción III junto con Leo, quien camina al frente del grupo revestido por un aura valiente, de silueta gallarda, con Milo como su primer comandante.

Me despido de la intrigante quietud de este mar cenizo que una vez fue la más resplandeciente figura de nuestro planeta, el alma azul que nos dio vida y que, ahora, está en escasez.

La Maquinaria Suprema tiene control absoluto de los pocos recursos naturales que aún existen, pero éstos son bienes controlados y sólo quienes tienen la capacidad económica para adquirirlos pueden disfrutar de ellos. Las bonificaciones de los recolectores nunca fueron suficientes para acceder al agua, así que recibíamos un líquido tratado con menos pureza, pero que funcionaba para hidratar.

Creo que, en realidad, todos estamos contaminados. Si hemos logrado sobrevivir todo este tiempo es porque nuestros organismos se han adaptado; el de Milo, sin duda, ya no es el de un canino normal, es más resistente y con la fuerza de una gran bestia. El de nosotros también ha pasado por algunas modificaciones, ¿cómo serán nuestros organismos por dentro?, ¿qué encontrarían los científicos si nos examinaran con detenimiento?

Camino al mismo ritmo que la fracción, todos vamos en simetría, como la perfecta pieza de una maquinaria que trabaja sabiendo con claridad cuál es su siguiente objetivo, sin embargo, mi mente está en otro lado, me pregunto cómo es que describirían el funcionamiento de mi cerebro, ¿cómo es posible que produzca una conexión con otros mundos?

Hemos cruzado lo que antes era una playa de arena dorada, también hemos pasado los kioscos de helados. Nos acercamos al embarcadero de pescadores y encontramos algunos cadáveres. No estamos seguros si se trata de personas o de peces. Avanzamos un poco más rápido; como una revelación, sé que estamos a unos metros de cruzar el campo de protección que se ha formado al abrir el puente.

Cerca del final de este cruce hay otros condominios en ruinas. Recuerdo haberlos visto de pie, me parecían una muestra perfecta de arquitectura y ergonomía, eran viviendas con el tamaño indicado para formar un hogar, con sus balcones y ventanales amplios, habitaciones con vastos espacios y cocina integral donde surgían todos los sabores que reunían a las familias a la hora de la cena, con vista a la puesta del sol sobre el océano.

Estamos a punto de cruzar el campo de protección, Elektra pide que nos detengamos, ella va a atravesar primero, seguida de la fracción I y así consecutivamente. Pero tengo otra revelación, un campo de diferente energía se encuentra fuera de éste, así que la detengo.

—Lía, ¿de qué rayos hablas? ¿Ahora ya estás teniendo revelaciones?

—No puedo explicarlo, pero, por favor, hazme caso. Lancemos esa rama seca.

Decide hacerme caso y pide que tomen la rama para lanzarla lo más lejos de donde nos encontramos; la rama cae en la superficie.

—Te lo dije, ya estás sobreactuando— me dice mientras todos comienzan a avanzar.

De pronto, el sonido estridente de muchas aeronaves nos taladra los oídos, se despliegan en formación de ataque y la voz robótica aparece de nuevo:

"Habitantes, quedan capturados por provocar revueltas y por el ataque en la ciudad VeCos del oriente. Esto no es un simulacro, no pongan resistencia o dispararemos".

Hemos sido emboscados. La mitad de las fracciones se encuentra fuera del campo de protección, Elektra emite una señal para caminar de regreso, segura de que ahí no podrán lastimarnos, pero al caminar las aeronaves comienzan a disparar.

Nos dispersamos, corremos hacia el campo de protección con dirección a los edificios, las aeronaves despliegan a las guardias IA, quienes corren más rápido que nosotros y comienzan a asesinar.

Ellos logran cruzar el campo, no parecen verse afectados, Elektra y la fracción I quedan acorralados. Leo lleva a los demás para ayudarlos; hay fuego cruzado y no sé qué debo hacer, estoy paralizada. Milo me ladra, se aleja de mi lado y se incorpora en la batalla. El canino se ha despedido de mí.

Remuevo la máscara de gas, inhalo de manera profunda, observo que las aeronaves no cruzan el campo, pero los IA sí. Debo crear otro, un segundo nivel de protección; me concentro, mis oídos se agudizan, cierro los ojos, les grito que tienen que venir hacia mí, pero nadie me escucha, así que doy unos pasos.

Salgo de entre los edificios y los IA vienen corriendo hacia mí, pero ha funcionado, ellos no logran atacarme, una circunferencia de energía me rodea y los robóticos asesinos no pueden entrar. Llamo la atención de todos y entonces las fracciones se dan cuenta. Les pido correr hacia mí.

—Vayan, ¡tienen que correr! —ordena Elektra—. Yo los cubro mientras avanzan.

—Línea de defensa —grita el líder de la fracción I—. No te dejaremos— dice a Elektra mientras toma su mano.

—Acércate un poco más —me pide Leo.

Los pocos que quedan logran entrar al segundo campo de protección; juntos corremos hacia los edificios mientras los IA nos persiguen.

Entramos en la zona de condominios, pero, de repente, un IA con armadura diferente nos encuentra en el extremo del patio principal, dispara hacia arriba, hace que se derrumben los edificios. El campo tiembla.

—¡Lía! No dejes de crear el campo —grita Elektra.

—Eso intento —respondo exhausta.

Un disparo más del IA y los escombros caen. Milo sale del campo y corre con velocidad infinita, directo hacia las robóticas extremidades, pero le disparan y emite un grito de dolor. Salgo a la mitad del campo para crear uno que cubra a Milo. El canino se levanta y rompe los circuitos del abominable guardia.

—¡Lo lograron! —gritan todos.

—Estén atentos, todavía hay más IA —dice Leo.

Quiero correr hacia Milo, cuando diviso a un segundo IA que dispara de nuevo a los escombros. Veo caer sobre mí piedras y todo se nubla.

—¡No, Lía! Corran todos, protéjanse —grita Leo.

—Te cubro, tómala y corramos hacia las escaleras de aquel edificio —le dice Elektra.

—Todavía falta ir por Milo. Ven.

—¡Ah, rayos, Leo!

—Sigan disparando y ocúltense —ordena ella.

El pecho me duele, despierto tosiendo con brusquedad y la frente me arde.

—Tranquila, no hagas demasiado esfuerzo.

—Leo, ¿por qué susurras? ¿Qué ha pasado, dónde está Milo?

—Calma, está bien, lo hemos curado.

Me levanto y lo veo recostado sobre un sillón descocido; estamos en un cuarto oscuro, sólo un ligero rayo de luz entra por la cortina desgarrada. Leo me pide que no me acerque a la ventana. Elektra sale de otra habitación, lleva el arma consigo, lista para disparar a cualquier ruido o movimiento.

—Ah… eres tú, qué bueno que has despertado.

—Despés del tercer derrumbe de escombros, no recuerdo qué pasó.

—Una piedra te pegó en la cabeza —me dice.

—Vas a estar bien, te hemos curado, ven siéntate en el piso conmigo —exclama Leo.

—¿Y los demás? —pregunto preocupada.

—No lo sé, nos separamos. Todavía están los IA allá fuera, cazándonos, pero teníamos que asegurarnos de que estuvieras bien. Eres la única que nos puede sacar de aquí —me dice con autoridad.

—Basta, Elektra, tiene que descansar primero.

—¡Ella debería protegernos! —grita ella.

—Lo lamento tanto, sé que…

—Todos están probablemente muertos; eres fuerte, séque lo eres. Saca esa fuerza, úsala —me dice.

—Suficiente, no tienes por qué gritarle —le pide Leo.

—Sé que se aman, se cuidan entre ustedes, pero no tienes que protegerla siempre, Leo.

Deja la habitación para ir al otro cuarto, Milo emite un leve quejido. Me acomodo a su lado para acariciarlo, lo observo por un rato hasta que unas lágrimas trazan el camino hasta mi boca. En silencio me quedo hasta que Leo se sienta junto a mí y me toma de la mano.

—Sé que puedo hacerlo.

—Sé que sí, pero ninguno vio venir ese último escombro, la roca que te lastimó interfirió con tu concentración.

Quiero que sepas que no pretendo sobreprotegerte, porque sé que eres muy fuerte.

—Lo sé, pero Elektra piensa que no lo estoy haciendo bien…

—No importa lo que ella piense, sólo lo que tú creas.

—Milo siempre saca toda su fuerza para cuidarnos. Sé que él y yo estamos conectados. Debo protegerlo.

—Yo también te acompañaré siempre.

—No, Leo; esto debo hacerlo sola. Si te quedas cuidando de Milo estaré más tranquila.

—No, no me pidas eso.

—Sé lo que debo hacer, por favor. Confía en mí.

Nos abrazamos durante unos segundos, se siente como estar en casa, donde hay paz y alegría. Veo sus ojos miel, es la mejor energía. Quiero transmitirle la seguridad de que puedo lograrlo.

Me preparo para salir, escucho algunos disparos, debo seguir el sonido para encontrar a los demás, pero se mueven en muchas direcciones. Me llevará más tiempo si lo hago de esa forma.

Decido colocarme al centro del patio principal, sin campo de protección, disparo al aire, llamo la atención de todos, soñadores artesanales y guardias IA. Alzo la voz para que se acerquen hacia mí. Los robóticos me disparan y formo el campo de energía. Los parto a la mitad con el poder concentrado en mis manos. Mi mente está en otro lado, encontrado la curva que se interconecte para poder abrir otro puente.

Lo que queda de las fracciones comienza a salir de los escondites, corren hacia mí, los IA disparan y mi energía concentrada continúa arrancando sus circuitos.

Solamente han logrado llegar ocho. El líder de la fracción I me dice que no ha visto a más, de cualquier forma sigo llamándolos, mientras mi mente ha encontrado la curva para el viaje cuántico.

—Elektra, Leo, vengan. Es tiempo de irnos —grito y les pido que carguen a Milo.

—¿Qué rayos está haciendo ahora? —pregunta ella.

—No tengo duda alguna, Lía puede lograrlo —dice Leo.

—Bueno, necesitaba un poco de presión —ríe Elektra.

El ruido estridente de las aeronaves regresa, la revelación me dice que miles de IA comienzan a atravesar el primer campo. Les grito que corran más rápido, no queda mucho antes de que invadan Apulia.

—¿Cómo es posible que estés haciendo esto? —me interroga con pánico el líder de la fracción I.

—Soy Líanet, y siempre supe que podría hacer esto— respondo con la certeza de mil mundos.

Una energía exterior atraviesa el domo sin remover el primer campo de protección. El cúmulo de truenos y partículas se concentra, se abre el puente del sur poniente en el firmamento brumoso. Leo, Milo y Elektra han llegado al segundo campo. Los IA derriban los muros de los edificios que sobreviven. Están completamente determinados a eliminarnos.

—Lía, ¿ese nuevo puente a dónde nos llevará? —pregunta Leo.

—Lo verás, amor. Nunca estuvimos solos.

Miles de IA cruzan el campo exterior, las aeronaves comienzan a disparar hacia éste y la tierra tiembla mientras el estruendo se hace más grave, se ilumina el espacio, una luz cegadora entra directo al segundo campo. Todos gritan.

—Es tiempo de irnos, Lía.

—¡Sí!

—¿Quién rayos eres tú? —cuestiona Elektra.

—Soy Ixchel, de la nación del sur.

Los IA cercanos al segundo campo disparan a los edificios para que los escombros caigan sobre nosotros, pero los parto por la mitad.

—¿Qué dices…? —pregunta Leo extrañado.

—Por fin he logrado cruzar el puente de Lía con el mío. Vámonos —dice Ixchel.

—No sin antes destruir las aeronaves y los IA —digo.

—De acuerdo, tú —le dice a Elektra —toma mi brazo y formen una cadena de esta manera.

—Lía… Me quedaré a tu lado con Milo.

—Bien —le digo a Leo.

Ixchel saca a todos de ahí, mientras guiña su ojo para hacerme saber que pronto nos veremos del otro lado.

Los IA se apilan en torre, forman una plaga de circuitos y acero; las aeronaves siguen disparado, las llamo a todas, quiero que se concentren en mí solamente. Cuando los soñadores artesanales se han ido, quito el primer campo y dejo que se acerquen. La tierra se abre, nos elevamos con el segundo campo.

La energía concentrada se despliega como una dinamita que va destruyendo la plaga de las aeronaves y los IA que aún están en pie. Se incendia todo y es momento de cruzar el puente para cerrarlo definitivamente.

Un dolor de cabeza me hace mantener los ojos cerrados, sé que es tiempo de levantarse, pero prefiero no hacerlo.

Siento que todo gira como si estuviera en una máquina de centrifugado.

Milo se acerca a despertarme como de costumbre, me hace un poco de cosquillas y le digo que pare.

—Lía, es momento de que vayamos a desayunar.

Escuchar la voz de Leo es la motivación que me hace abrir los ojos, nos encontramos en una cabaña. Afuera se escucha el ruido matutino del campamento, los murmullos de las fracciones, los caninos que corren hacia el río.

Hemos llegado a la nación del sur.

Agradecimientos:
A Jesús, Norma y Miguel, por ser los primeros en darle
vida editorial a *Camino a Apulia.*
A mi familia por todo su apoyo. A Manchas, por ser
inspiración y compañía canina.
A las redes de vínculos por difundir y leer
literatura de ciencia ficción.

www.ingramcontent.com/pod-product-compliance
Lightning Source LLC
LaVergne TN
LVHW011020200726
843509LV00011B/1169